U0521456

读懂鲁迅很容易

申怡／著

温情的硬汉

天地出版社 | TIANDI PRESS

序

拿下"鲁迅"的秘密武器

· 申怡

亲爱的小读者，你好，我是申怡。我从事语文教学已经有近30年的时间了。

关于鲁迅，你可能听说过一句开玩笑的话：学语文有三怕，一怕文言文，二怕写作文，三怕周树人。周树人就是鲁迅先生。

从小学到中学，鲁迅都是语文教材里选篇最多的作家之一，各种考试也特别爱考。 比如，备战中考，你一定要好好阅读《朝花夕拾》里的作品；高考，爱拿鲁迅的文章考阅读，2019年全国高考语文Ⅰ卷就考了鲁迅的小说《理水》；还有北大、复旦等一流大学的自主招生考试，除了会考鲁迅文章的阅读，还曾经把鲁迅说的话直接作为作文的题目。

但是，鲁迅先生写作的年代离我们比较远了，很多作品读起来有些晦涩难懂。我们和鲁迅之间，似乎总是挡着一座难以逾越的大山。

不过，我教过的学生，他们不仅不怕鲁迅，还都很喜欢读鲁迅先生的作品。因为我有"秘密武器"，可以让他们走近鲁迅、亲近鲁迅，不仅读懂鲁迅的作品，了解鲁迅的思想，还能从鲁迅的文章中学会很多写作方法。

现在很多时候，全国各地的重点中学都会邀请我去讲课，但是由于时间和场地有限，我能教的学生还是太少了。为了让更多的人从我的这套方法里受益，我创作了这套《读懂鲁迅很容易》。

本套书中选取了近50篇文章，覆盖了鲁迅先生所有重要的作品，当然也包括课本里的选篇，能帮助你完整、系统地读懂鲁迅。

第一册《温情的硬汉》，带你了解鲁迅的写作背景和生平，让你看到一个立体、鲜活的鲁迅。

鲁迅的文章为什么难读？首先是因为我们不了解鲁迅的写作背景，很难理解鲁迅的观点和表达；其次是因为鲁迅被很多人神化了，让我们觉得鲁迅离我们很远，高高在上，跟我们没有什么关系。所以，在这一册中，我选了跟鲁迅本人的成长经历相关的小说和散文等进行讲解。看完之后，你会对鲁迅先生这个人有全面的了解，这是读懂鲁迅文章的基础。

第二册《呐喊的战士》，选的都是鲁迅的小说，带你掌握鲁迅笔下的人物特点，读懂鲁迅先生对国民性以及民族命运的思考。

这里面既有阿Q这种代表国民的小人物，也有孔乙己这样的下层知识分子，还有后羿这种神话里的大英雄……人物分析，是咱们考试经常会考到的内容，而鲁迅写人的手法，很值得咱们借鉴。

第三册《犀利的批判者》，主要选取鲁迅先生的杂文和散文诗。这些文章中，既有先生对身边小事的思考，也有对社会大事的关注。通过阅读这些文章，我们可以更加全面地了解鲁迅先生的思想。

就像鲁迅先生在一篇文章里写的那样："无穷的远方，无数的人们，都和我有关。"鲁迅先生关心所有的人、所有的事，就连生活中很容易被忽视的小事，被他稍加整理、深入思考，都能呈现出理性的光辉，具有启发我们思考的价值。在这一册中，你不仅能了解鲁迅的思想，也能学会他的思考角度，从而建立属于你自己的独立的思想。

鲁迅是语文学习的重点，也是难点，把"鲁迅"这一关拿下来，会对你的语文学习起到整体的提高和促进作用，这里面当然也包括你的写作能力。

鲁迅作文章那是一等一的高手，不但绝不会跑题，而且总是别开生面，还能够深入思考，放到我们现在来看，那真是篇篇都是"高分作文"。所以，我们还可以向鲁迅学习如何写作文。比如从《藤野先生》中，学习外貌描写；从《社戏》里，学习呼应、照应的方法；等等。**我在每一讲后都撰写了"创作锦囊"，结合鲁迅的文章，教你怎么去写作。**

从今天开始，咱们就一起来读鲁迅吧。把"鲁迅"这个难点搞定之后，"会当凌绝顶"，语文学习的其他内容对你来说，都可以"一览众山小"了。

目录

《故乡》：
闰土故事的完整版本　06

《社戏》：
珍贵的童年经历　16

《从百草园到三味书屋》：
时空转换带来的成长　25

《五猖会》：
两代人的隔阂　34

《父亲的病》：
鲁迅人生的重要转折点　44

《琐记》：
旧思想的禁锢　54

《藤野先生》：
鲁迅为何弃医从文？　63

《〈呐喊〉自序》：
为什么要呐喊？　72

《我的第一个师父》：
离经叛道的和尚　82

《阿长与〈山海经〉》：
普通女子的真诚质朴　91

《范爱农》：
正直知识分子所遭受的摧残　99

《无常》：
可爱、可亲的鬼　108

《风筝》：
对弟弟的愧疚和忏悔　116

《腊叶》：
生了病的叶子是否要保存？　123

《死火》：
"死火"的象征意义　130

05

《故乡》：闰土故事的完整版本

这一讲我们要讲的是鲁迅的短篇小说——《故乡》。这篇小说是用第一人称"我"来讲述的,这个"我"并不是现实中的鲁迅。但是因为这篇小说带有自传体的性质,所以在"我"身上发生的事,都有鲁迅的影子。为了讲述方便,下面我会用"鲁迅"来代替小说中的第一人称"我"。

《故乡》这篇小说的名字,你看着可能有点陌生,但《故乡》的主人公闰土,你一定很熟悉。语文课本中的《少年闰土》这篇课文,就是从《故乡》里截取的片段,这个片段的篇幅还不到《故乡》全文的30%。

《少年闰土》讲的是鲁迅记忆中的小伙伴——闰土的故事。《少年闰土》的最后讲到了鲁迅和闰土的分别,说两个人从此没有再见过面。

《故乡》：闰土故事的完整版本

但其实，成年后的鲁迅回到故乡，是见到了闰土的，只不过那时候的闰土已经面目全非了。

下面我就来给你说一说，闰土故事的完整版本。

《故乡》的一开头，讲的是成年鲁迅回到绍兴老家，要把家人都接到北平。这一次既是返回故乡，又是要告别故乡，所以既有温暖的回忆，又有悲凉的心情。

鲁迅很注重环境描写。《故乡》一开篇，就写了深冬时节，苍黄的天色、萧索的村庄。到了家门口，他看见瓦楞上"枯草的断茎当风抖着"。"枯草"代表没有希望，"断茎"代表它已经与根截断，而"抖"呢，则代表现在生活的漂泊。寥寥几笔就勾画出主人公悲凉的心情。

为什么主人公的心情如此悲凉呢？因为家里的祖产已经卖了，他要回家接母亲和侄儿去北平住。母亲看到他的时候，藏着很多凄凉的神情。因为中国人的乡土意识非常浓，祖产卖了，就代表家散了，回不去了，再没有故乡了。

还有，我们前面说了，这篇文章里的很多事都有现实中鲁迅的影子。当时，现实中的鲁迅的确是在北平教育部工作，但是，他所在的部门不是很受重视，他的想法也很难实现。

往前走看不见前路，往后退又断了归途，那么他必然就会有一种迷惘和悲凉的感受。

不过，记忆中的故乡还是非常美好的。那时候，鲁迅的父亲还在世，家境殷实，他自己还被称为"少爷"，不必承受生活的压力，可以享受自在的少年时光。

就在那时候，他认识了闰土。闰土是帮工的儿子。虽然是工人和少爷的关系，但两个孩子一见面，就自然地熟悉亲热起来。

闰土有着许多稀奇的经历，比如，在雪天里用竹匾捉鸟；比如，去海边捡贝壳；再比如，深蓝的天空中有一轮金黄的圆月，海边的沙地种着一望无际的碧绿的西瓜，十一二岁的闰土，戴着银项圈，捏着钢叉，用力刺向一匹猹！是不是很帅、很英雄？

这样的形象，有声有色，有动有静，让我们感受到一种自然蓬勃的生命的活力。只能看见院子里高墙上四角天空的少年鲁迅，自然迷恋闰土带来的新鲜、自由的世界。

《故乡》：闰土故事的完整版本

所以，当母亲提起闰土的时候，这些儿时美好的记忆闪电般地复苏了。鲁迅等着要见闰土，但是闰土没有马上出现，先出现的是杨二嫂。这位杨二嫂，年轻的时候人称"豆腐西施"，是一位皮肤很白、长相很美丽的青春少女，而且性格娴静。但是，现在的杨二嫂变成了一个细脚伶仃，毫不在意形象的冷冰冰的像"圆规"一样的女人。她的性格也变了，变得尖刻、世俗、贪婪。

杨二嫂来到鲁迅家，想白白要走他们的家具。鲁迅告诉她，家具是拿来卖的。杨二嫂很生气，说鲁迅有三房姨太太，出门坐八抬大轿，这么有钱，却如此小气。临走时，她还顺手牵羊，拿走了鲁迅母亲的一副手套。

当然，杨二嫂这些话全是道听途说的假话，和事实并不相符。那么，是什么让美好的"豆腐西施"变成了"圆规"一样的杨二嫂呢？是生活的压力，是当时整个社会的环境。

看到这样的杨二嫂，我们不由得开始对闰土的出场担心起来，但我们也希望，那样英姿飒爽的小英雄也许会与众不同吧。要是熟悉的闰土还在，那么故乡的希望就还在。

闰土终于来了。

三十年的时光，闰土自然是老了。原先健康的紫色的圆脸，变成了灰黄色的，这是艰苦的生活带给他的。他必须要干农活，因为终日吹着海风，他的眼睛周围肿得通红；而那双会捕鸟、会捡贝壳、充满青春气息的手，现在变成了干裂的"树皮"。

外形变了，内心有没有变呢？鲁迅叫他"闰土哥"，这是儿时鲁迅对他的称呼。鲁迅的心里还抱着最后的一点希望，如果闰土也用儿时的称呼"迅哥儿"来叫自己，那就说明闰土的内心是没有变的。

但是，闰土犹豫了，最后他恭敬地叫道："老爷。"

叫"老爷"代表着什么呢？代表着闰土已经不是当年的闰土了，两个人之间的距离已经越来越远了，再也不可能走到同一轨道上了。这一声"老爷"叫出来，就没有兄弟，只有等级了，一层厚厚的壁障已经把两个人隔开了。

这时候，鲁迅打了一个寒噤，寒噤代表冷，他是心

《故乡》：闰土故事的完整版本

里冷啊！

闰土怎么就变了呢？他有六个孩子，总是吃不饱肚子，世道又不太平，兵、匪、官、绅，还有苛捐杂税，这些全都压在他身上，把他变成了一个木偶人。

那个时代，是动荡和混乱的，辛亥革命推翻了皇权，但地主阶级、封建残余、军阀给普通农民造成的伤害很深，老百姓完全没有选择生活和创造生活的权利。

读到这里，我们读者的心里挺难受的：刚开始是环境的沉重，然后又有离别的感伤，而最残忍的是，少年闰土已经变成了一个苦难深重的农民。什么叫悲剧？悲剧就是像这样把美好的东西一点一点地打碎给人看。如果文章到这里就结束了，那么《故乡》就会是一篇很压抑、灰暗的文章。但是，因为有了一个有希望的结尾，《故乡》的"颜色"又变了。

鲁迅的侄子宏儿和闰土的儿子水生之间的互动，简直就是三十年前父辈们故事的重演。两个人一见面就玩到了一起，在离开的船上，宏儿还惦记着水生叫他去家里玩的邀请。宏儿和水生的友谊，就是黑暗中的一点亮色。鲁迅说，他们应该有新的生活。

文章的最后，鲁迅有一段很重要的议论，他觉得，社会如此黑暗，自己却对未来抱有希望，这跟闰土把希望寄托于神灵，是一样的无奈和无助。甚至，自己心中的未来，比求神拜佛更加遥远。但是，人还是要怀抱希望的，就像记忆中，总是有深蓝的天空挂着一轮金黄的圆月，这样的光彩，就能支撑我们去面对现实的黑暗！

我想请你记住鲁迅先生这句充满正能量的名言："希望是本无所谓有，无所谓无的。这正如地上的路；其实地上本没有路，走的人多了，也便成了路。"

是的，希望可能很渺茫，但是梦想还是要有的，万一实现了呢！

这就是闰土故事的完整版。怎么样？跟课本中的《少年闰土》带给你的感受，是不是完全不同呢？少年闰土，代表着童年时代故乡的美好回忆，是温暖明亮的部分，而成年后的像木偶人一样的闰土，让人感到悲凉。其实，悲凉和温暖、黑暗和明亮相互交织，才是《故乡》这篇文章真正的"颜色"。

《故乡》：闰土故事的完整版本

　　这就是咱们这本书的价值了：我要把片段，还原到整篇文章里讲给你；我要把一篇一篇的文章，还原到鲁迅的人生和整个时代的大背景里讲给你。

　　当你用更高的视角去读鲁迅的文章时，你看到的就不再只是局部，而是全貌。你会发现，原来鲁迅是这么可亲可爱的一个人，在他坚硬的外表之下有着一颗那么温暖的心。你会发现他的文章非但不难懂，还很打动人，而他的精神，在当下仍然对我们有用。

◎创作锦囊
写人要会起『外号』

读完《故乡》这篇小说，相信给你留下深刻印象的人物，除了闰土，就是杨二嫂了。<u>从这两个人物身上，我们可以学习的写作方法是：给人物起"外号"</u>。这可以使人物形象更生动。

请注意，这个"外号"是打引号的，不是让你起那种贬低性的、嘲讽性的外号，而是用一个具体的事物，来表现这个人物最突出的特点。

比如杨二嫂，她的外号是"圆规"。我们一看到"圆规"，就仿佛看到了杨二嫂那细脚伶仃的，还总是张着两脚的外形。而成年后的闰土，他的外号可以说是"木偶人"。木偶人有什么特点呢？木偶人有身体但是没有灵魂，这就是要写成年后的闰土"形"还在，但"神"没有了。

这样的外号，符合人物的外在特点或者内心特点，用寥寥几笔，就抓住了人物的关键特征，还能给读者留下深刻的印象。

你在写人物的时候，也可以先想一想，这个人物的特点是什么，这些特点和什么事物比较像。比如，你要写你们班上某个同学，他胖胖的，但是运动起来身手还挺灵活的，你可以说，他就是你们班上的"功夫熊猫"。又比如，你要写你的一个朋友，他特别准时，从来不迟到，你可以说，他简直就是个"闹钟"。

怎么样，这个方法是不是还挺好掌握的？

《社戏》：珍贵的童年经历

这一讲要讲的是《社戏》。这篇小说，以第一人称，也就是"我"的形式，讲述了十一二岁的迅哥儿看社戏的故事。它的性质跟《故乡》是一样的，虽然是一篇小说，但主人公身上有着鲁迅本人的影子，所以我们也可以通过这篇文章，了解鲁迅的童年生活。

我们先来说说什么是社戏。社戏，就是在村庄里唱的戏。因为在中国传统文化里，"社"有"土地庙""土地神"的意思，后来就衍生出了"村庄"的意思。

这里有一件很有意思的事：虽然小说的题目叫《社戏》，但是整篇文章中，真正看戏的部分只占很少的篇幅。这就奇怪了，重点不是看戏，那鲁迅真正想要写的是什么呢？我想请你带着这个问题，和我一起来读这篇文章。

《社戏》：珍贵的童年经历

首先，咱们来说说《社戏》里是在哪儿看戏。每年夏天，迅哥儿都会跟随母亲，去外祖母家避暑。外祖母家在平桥村，这是一个临河的很偏僻的小村庄。但是，就是在这个偏僻的小村庄里，迅哥儿得到了难得的快乐。这主要有两个原因：

第一，十一二岁的孩子，在城里整天要读古文，什么"秩秩斯干幽幽南山"之类的。你懂这句话什么意思吗？其实我也不太懂。可是，迅哥儿必须要读，而且要背下来。来到乡下，他可以暂时摆脱这些拗口的内容，他的心情当然是解脱、舒畅和快乐的。

第二，他在这里认识了很多年龄相仿的小伙伴，每天一起挖蚯蚓、钓虾。因为迅哥儿是客人，所以钓上来的虾还都归他吃。这简直是神仙一般的日子啊！

但是，迅哥儿最盼望的，还是去赵庄看社戏。

那么，接下来社戏就要开演了吧？别急，看戏之前还有个波折。

从平桥村去赵庄需要坐船，可偏偏就在演社戏的那一天，无论如何也叫不到船，就跟咱们现在出门打不到车一样。

迅哥儿急得都要哭了。在他的难过升级到让他不愿意吃饭的时候，已经看完戏回来的小伙伴们也开始为他着急了。双喜是小伙伴里面最聪明的一个，他提议说，八叔刚驾回来一只航船，用不着等大人们做工回来，十几个孩子就能撑船陪迅哥儿一起去看戏。在外祖母和母亲都微笑着同意了之后，孩子们兴高采烈地出了门。

好了，出门了，这下可以开始看戏了吧？别急，看戏之前，还有个铺垫。

在撑船去赵庄的路上，鲁迅详细地描写了路上的景色：有豆麦和水草夹杂的清香，有欢笑声和水流声的奏鸣，更有淡黑起伏的连山与碧绿的豆麦田地……看到这些景色描写，你的心情是不是也和迅哥儿一样，是轻松而快乐的呢？至于山向船尾"跑去"的动态，则让我们感受到小伙伴们焦急的心情。

没错，写景就是为了写情。在这里还有一个写作小秘诀，你可以特别关注一下写景的角度，他是看到的、听到的、闻到的，统统都写了。比如，豆麦与水草夹杂的

《社戏》：珍贵的童年经历

清香，这是闻到的；欢笑声和水流声的奏鸣，这是听到的；看到的景色那就不用多说了。多角度写景，表现出作者的心情，就算不是愉悦、快乐的，也是非常活跃的。

就在这样愉悦而焦急的心情中，迅哥儿和小伙伴们总算抵达了赵庄，开始看戏了。

前面已经浓墨重彩地渲染了这个社戏有多重要，结果到了赵庄之后，因为人太多他们挤不进去，只能从远处看了。而且，最有名的一个铁头老生，据说他能连翻八十四个跟头，他今儿还不表演，只是让旁边的小角色表演，这就让人有些失望了。接着，大家最不喜欢的老旦，也就是老太太的角色上场了，还坐下唱个没完，大家都很扫兴。

正经看戏的故事，到这里就结束了。

所以，虽然这篇文章的名字叫《社戏》，但如果我们来补充一下题目，其实应该是"我和小伙伴们看社戏"，"我和小伙伴们"是重点，"戏"倒不是重点。

还记得提议撑船去看社戏的双喜吗？他真是"带头

大哥"的角色，他看出迅哥儿的失望、小伙伴们的心烦，就主动说："那咱就走吧。"

去的时候心里充满了期待，去了之后没看到什么精彩的戏就走了，要是大人的话可能就"乘兴而至，败兴而归"了，可是这些孩子依然那么欢乐。

在回去的路上，属于孩子的热闹，才刚刚开始。

玩了这么久，肯定会肚子饿啊！乡下的孩子会想办法，饿了，那就去地里偷豆子煮来吃吧。这个时候，可爱的阿发出场了。路的两边都是豆田，一边是阿发家的，一边是六一公公家的，偷哪家的呢？阿发还真就下田认真摸了一回，然后做出了最无私的建议：偷我们家的，我们家的豆子要大得多呢。

要拿现在的话讲：阿发，你是不是傻啊？他不是傻，是真诚。这种真诚，已经超乎了现实的利益考量，因为乡下孩子有着质朴和单纯的心。

而更让人感动的是，这种质朴和单纯，不仅仅孩子身上有，成年人也有，比如六一公公。因为带头大哥双喜很精细，他提出不能只偷阿发家的，容易被发现，于是他们也偷摘了六一公公田里的豆子，这可叫六一公公

《社戏》：珍贵的童年经历

发现了。

可是，当六一公公听说豆子是给尊贵的小客人迅哥儿吃的时，他居然不生气，还觉得很感激，为什么呢？因为迅哥儿觉得他的豆子好吃，他就很高兴。

阿发和六一公公的淳朴，源于在村庄中的耳濡目染。乡下人的质朴，可能也源于这块没有被世俗沾染的土地吧！这就是环境对人的巨大的影响作用了。说到环境，我想再带你看看完整的《社戏》。什么意思呢？因为咱们刚才讲的，是语文课本里选的内容，其实是有删节的。

完整的《社戏》，一开始先写了"我"，也就是迅哥儿，长大之后两次看戏的痛苦经历：一次是在戏园子里看北京戏，声响是极吵闹的，坐的位置也不好；第二次，花大价钱找了好位置，环境仍然很嘈杂，还有个胖绅士挤在身边，让人感到压抑。在这之后，"我"才回忆起小时候看社戏的故事。

在这样清新而温馨的社戏之前，为什么要先写两次让人喘不过气来的看戏经历呢？这是为了对比。

经历了成年以后两次看戏的痛苦，才会意识到童年的经历有多么珍贵。这其实不仅仅是看戏感受的对比，也是生活的对比。成年后体会到生活的挤压，那种局促感和狭窄感，跟童年看戏时，大河、豆田给人的广阔感，以及那时的轻松自由，对比特别明显。有了对比，才会对生活有更清晰的认识。

总结一下，《社戏》借着主人公迅哥儿成年后两次痛苦不堪的看戏经历，引出了少年时期在乡下看社戏的美好回忆。回忆里有和小伙伴们的畅快嬉戏，也有想看戏而不得的焦急，还有在小伙伴们的帮助下终于可以去看戏的痛快。

文章最后还写道，迅哥儿后来吃到的豆子，都不如看社戏那晚偷吃的好吃。那晚看的戏，那时候的自由和快乐，无拘无束地释放天性，又何尝不是记忆中最美好、最让人怀念的呢？

下一讲，咱们来讲《从百草园到三味书屋》，小鲁迅从无限乐趣的百草园来到全城最严厉的书塾，会发生什么事呢？

《社戏》：珍贵的童年经历

◎创作锦囊 巧用呼应

借着《社戏》，我给你讲一个很好用的写作方法——呼应。

简单来说，呼应就是在推出主要的写作对象之前，提前做一些基础性的描写，为后文埋下伏笔。比如，《社戏》中迅哥儿成年后两次看戏的经历，就是用来作呼应的，是为后面写其童年时看社戏的经历埋下伏笔。

这个方法，咱们在写作文的时候也可以用上。举个例子，如果让你写今天的考试，你可以写：早晨，妈妈跟以前一样，笑眯眯地叫我起床，只不过她在给我送早餐的时候，居然把一个鸡蛋掉到了地上，我知道妈妈的手在抖。等我坐到考场上的时候，我的笔居然也掉在了地上，因为我的手也在抖。

前后这么一呼应，就突出了今天考试，我很紧张。妈妈的手在抖，说明妈妈也很紧张，这是为了后面写我的紧张做出呼应。

《从百草园到三味书屋》：时空转换带来的成长

这一讲要讲的《从百草园到三味书屋》，选自鲁迅先生的散文集《朝花夕拾》。《朝花夕拾》里面选的都是回忆性的散文，这一篇也不例外，是鲁迅先生对他童年妙趣生活的回忆。

《从百草园到三味书屋》，这个题目告诉我们，文章主要写了两个地方——"百草园"和"三味书屋"——发生的事。"从……到……"这样的句式，不仅表示出空间的转移，也表现了发生时间的先后顺序，是先在百草园，之后去了三味书屋。故事先从"百草园"讲起。百草园，即长满了野草的地方，其实是很荒凉的，但鲁迅却说，那是"我的乐园"。是什么让荒凉的百草园变成了人间乐园呢？是孩子的童趣、好奇心。

鲁迅对百草园的描写充满了童趣，比如下面这一小段:"不必说碧绿的菜畦,光滑的石井栏,高大的皂荚树,紫红的桑椹;也不必说鸣蝉在树叶里长吟,肥胖的黄蜂伏在菜花上,轻捷的叫天子(云雀)忽然从草间直窜向云霄里去了。单是周围的短短的泥墙根一带,就有无限趣味。"

接下来,就是视觉和听觉的盛宴了,有油蛉的"低唱",蟋蟀的"弹琴",这些其实都是孩子对昆虫语言的好奇想象。

总之,在鲁迅笔下,百草园是一个充满了颜色和声音的世界,是生机勃勃的。

接着,鲁迅提到关于园子的一个传说——"相传这园里有一条很大的赤练蛇"。由此引出了长妈妈讲美女蛇的故事。长妈妈是小鲁迅的保姆。后面我们会讲到散文《阿长与〈山海经〉》,这篇文章就是以长妈妈作为主角的。

长妈妈讲的这个美女蛇,是一种人头蛇身的怪物,据说会吃人,不过后来被老和尚的宝物飞蜈蚣给治死了。这个故事不仅强烈地吸引着小鲁迅,也给百草园增添了一些神秘色彩。

《从百草园到三味书屋》：时空转换带来的成长

接着，鲁迅介绍了冬天的百草园。冬天的百草园是比较无聊的，不过一下雪，可就不一样了。在雪地捕鸟，尤其快乐：扫开一块雪，露出地面，用一支短棒支起一面大的竹筛，下面撒些粮食；棒上系一条长绳，人远远地牵着绳子，看到鸟雀下来啄食，走到竹筛底下的时候，将绳子一拉，就把鸟罩住了。不过，小鲁迅技术不太行，费了好大劲，只能抓住三四只鸟。

从这些故事里，你可以看出来，鲁迅的童年是没有烦恼、没有忧愁的，而百草园是一个可以让人无拘无束、尽情欢笑的儿童乐园。不管这个园子有多荒芜，有多破落，但是小鲁迅能从蟋蟀的叫声，从土里拔出的何首乌这样简单的事物获得快乐，这种快乐其实是他自己创造出来的。

百草园的部分到这里就结束了。慢慢地，小鲁迅长大了，家里人要送他去读书，他不得不离开他的"乐园"了。

小鲁迅和百草园的告别，令人唏嘘感叹，他和"我的蟋蟀们"说再见，和"我的覆盆子们和木莲们"说再见。这一边告别的世界，有着自然万物，是属于自己的天地，那么另一边要进入的新世界"三味书屋"，是什么样的呢？

三味书屋是一间私塾，而且是全城"最严厉的书塾"。什么是"三味"呢？"经史子集"这个说法，你应该听过吧？"三味"，指的就是这里面的经、史、子三类中国传统文化书籍。所以，"三味书屋"这个名称就体现了这间私塾的教育内容是比较枯燥和陈腐的。

三味书屋究竟有多陈腐呢？来这里读书要先行礼，拜完了孔子牌位再拜先生；平时只能专心攻读经书，其他的学问是不许过问的；学习形式也十分刻板，除了练字，就是讲文言文，还要把它们都背下来……是不是很枯燥无聊呢？那如果读不下去怎么办呢？打人的戒尺、罚跪的规则可都在一旁等着呢。

在三味书屋里，有这么几个小故事。

第一个，小鲁迅听说，有一种叫作"怪哉"的虫子，这种虫子很神奇，它是由冤气化成的，用酒往它身上一浇，它就消失了。实际上，这种虫子是不存在的，但是

《从百草园到三味书屋》：时空转换带来的成长

小鲁迅非常感兴趣，很想详细地知道这种虫子的故事。听说三味书屋的先生学问渊博，小鲁迅得到机会，就想问问先生。没想到先生不仅拒绝回答，甚至脸上还有了怒色。

小鲁迅突然之间就明白了，原来在这个世界上，有一种叫作"界限"的东西。你看，百草园里的世界是打通的，蟋蟀、覆盆子这些东西跟小鲁迅之间没有任何界限。但是，三味书屋这儿是有界限的，先生学识再渊博，他也不跟小鲁迅说课堂之外的东西。

这其实就是一个给小孩子立规矩的过程，你只能学老师让你学的，学习的方式只能是背诵、讲读、写字，你对先生的态度只能是无条件的尊敬。

咱们接着讲第二个小故事。在三味书屋里的学习如此枯燥，学生们坐不住了，就会偷偷溜到书屋后面的小花园里，摘个花、喂个蚂蚁什么的，少一两个人，先生也不会发现。可是有一次，大家没有默契，全部跑出去玩了，惹得先生在书房大喊，人都到哪儿去了。咦，你发现了没有，在规矩森严的三味书屋里，还是有着一股亲切的气氛在流动，这就是儿童的乐趣啊！

在这里，我们也可以有一个思考：三味书屋里真的只有痛苦吗？我觉得不是的。小鲁迅自然有他的痛苦，这种封建式的学习带给学生的压力，是相当沉重的。但是，他还是有办法苦中寻乐。

更重要的是，他必须要成长，他得适应新的世界。百草园是原来的世界，这是他自己创造出来的美好的世界，而三味书屋是一个新的世界，在这个世界里，他要适应别人给他定的规则。这是成长必经的过程，每个人都总要走到社会中，拥有一个在社会中的人生。

还有一点我想特别说一说，《从百草园到三味书屋》写的是鲁迅的回忆。他在回忆当中，并没有去说先生有多可恶，他没有说"我"问先生问题，先生不理"我"，先生太讨厌了，而是说"我"明白了原来有些东西是不该问的。当一个成年人回忆童年时期的事情，如果记忆当中都是美好的，那就足以证明他当时存着一颗多么温馨、多么善良的心。

你从这儿也能感觉到，鲁迅其实不是一个爱发牢骚

《从百草园到三味书屋》：时空转换带来的成长

的人。后来有很多人会把鲁迅说成是一个骨头硬、脊梁也硬，就连头发都硬的这么一个英雄猛士的形象，其实在这个形象的内里，鲁迅是在用一颗特别温暖和柔软的心去对待这个世界的。世界给我以痛，我回报以温暖。

现在咱们回过头来梳理一下这篇文章。《从百草园到三味书屋》，"百草园"和"三味书屋"在结构上形成了鲜明的对比，三味书屋虽然是一间典型的封建私塾，但鲁迅的立意并不在于批判，而是通过自己从有"无限乐趣的乐园"到全城"最严厉的书塾"的这个经历，写出了自己由童年的游戏、玩乐到长大读书的成长过程。

下一讲，咱们来讲《五猖会》。五猖会是一种非常热闹的民俗活动，有游行，敲锣打鼓的，十分热闹。小鲁迅一直盼望着能参加这个活动。可是，他有一位非常严厉的父亲，父亲能让他去参加五猖会吗？

◎创作锦囊
空间线索和时间线索相结合

《从百草园到三味书屋》有什么写作手法值得我们学习呢?那就是"空间线索和时间线索相结合"。

文章的标题采用了"从……到……"的格式,这表明文章主要是以空间的变换为顺序来写的。作者先写百草园:"我家的后面有一个很大的园,相传叫作百草园。"再写三味书屋:"出门向东,不上半里,走过一道石桥,便是我的先生的家了。"书房中间挂着一块匾额"三味书屋"。这是空间的变换。与此同时,时间的变换与空间的变换顺序又是一致的。

我们在写作有关成长和回忆的文章时,也可以采用这样的方法,通过时空的变化,表明身处环境和心理的变化。比如,2019年北京的高考作文题目是"2019年的颜色",色彩也是有顺序的,你可以写2019年你上学的路上景观颜色的变化,这里头就既有空间的变化,也有时间的变化。再比如说,中考也会考到像好奇心这样的内容,你可以说:小的时候,我的好奇心是在家里的厨房,拿点酱油、醋,就希望能够做个实验;长大了以后,我的好奇心在学校的实验室;再长大一些,我的好奇心在社会大课堂。

《五猖会》：两代人的隔阂

在开始讲《五猖会》之前，我想先问你几个问题，你的爸爸妈妈有没有跟你说过这样的话："作业没写完不许玩手机""琴没练好不许出去玩"……他们这么说的时候，你的心里有什么感受？是不是觉得扫兴极了？

其实，鲁迅先生小时候也遇到过这样的事。有一次，他想去参加一个盼望了很久的、很热闹的活动，可是他的父亲很严厉，要求他先得把书背完了才能去。咱们这一讲要读的《五猖会》，讲的就是这么一个颇有些无奈的故事。《五猖会》这篇文章也是选自《朝花夕拾》。先来看看题目，什么是"五猖会"呢？五猖，是一种神，又叫五郎神或者五通神。五猖会，是一种迎神赛会。这是一种古老的民俗活动。人们把庙里供奉的神像抬出来游行，阵势就像过年的时候街上的舞龙、舞狮、扭秧歌。

《五猖会》：两代人的隔阂

游行通常会持续一整天，抬着神像的队伍还会敲锣打鼓，非常热闹。

介绍完了背景，我们来看这篇文章。一开始，鲁迅回忆起了童年的赛会。在他小时候，迎神赛会可是像过年一样的大日子，是孩子们热切盼望的活动。可是，因为小鲁迅家的位置很偏僻，游行的队伍每次走到他家附近时，都已经是下午了。走了一整天，游行的人们都很累了，敲锣打鼓的人也差不多都回家了，只剩下十几个人抬着神像匆忙地跑过去。

结果，小鲁迅每一次见到的都只是"差不多"的赛会，最后只能留下一个简陋的小哨子作纪念品。所以，他在心里一直盼望着能够参加一次真正热闹的盛大的赛会。

之后，鲁迅插叙了一小段他成年之后在书上看到的明朝时候的赛会。古代的时候，雨水是农民获得丰收的关键，于是书中就写了，在赛会上，农民们会迎龙王，祈祷下雨。而且，人们不仅仅抬着龙游行，还会找人来扮演《水浒传》中的梁山好汉。这样精彩的赛会，谁能不感兴趣呢？

接着，鲁迅写了自己见过的一次比较盛大的赛会。开始是有一个孩子骑着马前来，就像在告诉大家"好戏要开始了"。之后就热闹起来了：有拿着大旗的壮汉，像杂技演员一样，将手里的大旗时而托着，时而顶在头顶，甚至顶在牙齿和鼻尖上——这没有几十年的功夫可做不到；还有穿着红色的衣服，拷着锁链，扮作犯人模样的人。

当时的小鲁迅是多么想要参与其中啊！他甚至盼望着自己能够生一场大病，因为按照当地的风俗，生了大病，母亲就会去庙里许愿，他也就有机会在赛会上扮成犯人。

可惜，小鲁迅的愿望始终没有实现，而他对赛会的期盼自然就更加强烈了。

因此，当小鲁迅得知，他能够真正地去看一场五猖会这样盛大的赛会时，他的内心是多么快乐和激动啊，恐怕比你去迪士尼乐园还要激动呢！

去看五猖会需要到一个叫东关的地方，这个地方离

《五猖会》：两代人的隔阂

小鲁迅的家很远，要坐船去。所以，一大家子一大清早就起来了，把准备好的小板凳、饭菜、点心零食、喝的水陆续搬运到船上去。小鲁迅那时候才七岁，他跳着、笑着、叫着，催促大家快些搬，好让自己能早点儿去看五猖会。

就在小鲁迅欢呼雀跃的时候，突然，一个不好的消息来了。父亲走到小鲁迅身后，说道："去拿你的书来。"带着小鲁迅读了二三十行课文之后，父亲说："给我读熟，背不出，就不准去看会。"

这个时候的小鲁迅，就像被浇了一大盆冷水，因为父亲是说一不二的。

父亲是一个严肃的当家人，在家里很有威严，所以父亲这么一说，家里的其他人，包括母亲、工人，还有保姆长妈妈，都不敢替小鲁迅求情，甚至都不敢多说一句话，只能默默地看着他读书、背书。整个家里的氛围都变得安静、严肃起来。

这样威严的父亲在小鲁迅的心里，就像一座高大的山，让他既尊敬又害怕，他不敢对父亲的话说半个"不"字，只能忐忑不安地强迫自己把那些生硬的、完全理解不了意思的文字背下来。

终于背完了课文，父亲点着头说："不错，去罢。"大家的脸上都露出了笑容。工人抱着小鲁迅上了船，开船出发了。可是小鲁迅却笑不起来了。不管是水路上所见的风景，还是盒子里的点心，甚至是五猖会的热闹，对他来说，都变得没什么意思了。

<u>这里咱们停下来说说，为什么小鲁迅会觉得一切都已经没意思了，不快乐了呢？</u>

第一个原因，快乐来源于内心的真诚的向往，还有一气呵成实现愿望的那种酣畅淋漓感。经过了父亲兜头一盆冷水、心情忐忑地背书的折腾，小鲁迅已经感受不到这种酣畅淋漓的快乐了。

第二个原因，一开始他为什么想去看五猖会呢？因为那是他想象中的美妙的世界，他要投入这个世界。现在呢，他突然意识到，他的世界他是不能主宰的，一切都是父亲说了算，所以这个时候他就觉得没意思了。

在这篇文章的最后，鲁迅写道，他至今还很诧异，

《五猖会》：
两代人的隔阂

为什么父亲不早不晚地，偏偏要在那个时候叫他背书。

请你注意，鲁迅为什么不说"我很生气""我很痛苦""我很好奇"，而用了一个"我很诧异"呢？"诧异"表现出了一种极大的疑问和惊讶，他真的觉得莫名其妙啊！

那么，我们站在鲁迅父亲的角度，揣测一下，他为什么要在这个时候让孩子背书。可能他认为，他要帮孩子养成一个好的习惯，玩的时候也别忘了学习。就好像你高高兴兴出去玩一趟，突然你的父母对你说："你看看这个风景，适合写什么样的作文，回来我们可要写一篇游记。"父母觉得自己是为你好，但这对于正玩得高兴的你来说，就是一盆冷水浇了过来。

所以，《五猖会》这篇文章其实讲的是两代人的一种隔阂。有些大人总会认为，孩子按照大人给的方法去做，就会活得更好。但是，这样真的是为了孩子好吗？

如果这样的事情发生过不止一次，那么一次又一次的"冷水"，会不会浇灭孩子对新鲜事物的好奇，会不会一点一点地磨灭孩子的天真和天性呢?

这是《五猖会》最表面上的意思,是要我们能够体会到长辈不理解晚辈,家长不能站在孩子的角度想问题,因而扼杀了儿童快乐的天性。如果再往前进一步,由此可以想到更广泛的人与人之间应该如何交往和交流的问题。再往深挖一挖,我们还可以想一想,父亲和鲁迅分别代表什么。

父亲代表既有的世界,鲁迅代表新生的世界。既有的世界是一个强权的社会,想用自己的权威,让新生的世界学会服从,按照旧世界的规矩运转。而新生的世界,如果就此服从旧世界,泯灭了快乐,泯灭了天性,失去了思考的话,整个社会不就没有进步,变得越来越沉闷了吗?

下一讲,要讲小鲁迅人生的一个重要转折点——他的父亲生了重病。

《五猖会》：两代人的隔阂

◎ 创作锦囊

侧面描写

讲完了《五猖会》的主要内容，我再给你讲讲《五猖会》里的"侧面描写"。

《五猖会》里，对鲁迅的父亲做了侧面描写。在小鲁迅的父亲来之前，小鲁迅和家人准备去五猖会，一片欢乐祥和的气氛。可是突然之间，大家的脸色就凝重起来。这个"脸色凝重"，既表现了父亲来的时候给周围人带来的压力，也能够让人想到父亲平常是多么严肃、古板。

后来，小鲁迅终于背完了书，父亲同意他去五猖会了，大家的脸上都露出了笑容，工人把小鲁迅都举过头顶了，走路的脚步也非常轻快。

在这里，鲁迅没有一句话说"我的父亲是个严肃的人""我的父亲是个保守的人"，但是我们依然可以通过大家的表现，看出他的父亲是这样的一个人，这就叫侧面描写。

当我们要描写一个人或突出一个重点的时候，我们不一定直接讲这个人或者这个重点，我们可以通过描写周围其他人的反应，来表现我们要表达的内容。

比如，我们写上课的时候，老师提了一个问题，小张把头低着，不敢抬头看老师，小王挠着脑袋看着窗外，还有人在底下玩着手。这就说明老师提的这个问题很难，对吧？但是我们没有直接写这个问题有多难，而是通过同学们的动作表现出了这个问题真是很难。

再比如，中国古代说女孩子长得很漂亮，怎么说呢？沉鱼落雁、闭月羞花……用鱼、雁、月、花来表现这个女孩子的美丽，这也是侧面描写。

《父亲的病》：鲁迅人生的重要转折点

《父亲的病》这篇文章，仍然是选自《朝花夕拾》的回忆性的散文，写的是鲁迅对父亲生病去世的一段回忆。但是，文章的重点不是写父亲的病情，而是讽刺给父亲看病的两个庸医。

虽然文章中没有写，但我们还是要说说鲁迅的父亲是怎么病倒的。鲁迅的父亲叫周伯宜，是个秀才，去参加过几次乡试，但始终没有考上举人，可以说，他在仕途上是终生不得意的。鲁迅的祖父，因为牵扯上一桩科举贿赂案，被关进了监狱。鲁迅的父亲也受到牵连，被拘捕审讯了一番，虽然后来无罪释放，但秀才身份被取消了。这样连气带吓，鲁迅的父亲就吐血，病倒了。

父亲生了这么重的病，作为长子的鲁迅，肯定要全力奔波，请大夫、抓药，为父亲治病。于是，鲁迅就碰

《父亲的病》：
鲁迅人生的重要转折点

上了给父亲治病的第一个医生。文章里说，他是一个名医。咦，前面我们不是说过，给鲁迅父亲看病的是庸医吗？那这个医生，到底是名医还是庸医呢？

当时，医生去病人家出诊，费用一般是一元四角。有一家住在城外的人，闺女生了急病，请这个医生出诊救人。他趁机敲竹杠，足足把诊费提到了一百元！去了之后，草草地看完病人，说了一句"不要紧"，随便开了个药方就走了。第二天，那家人还是来请他，等到他诊上病人的脉，发现病人的手是冰冷的，原来病人已经死了。后来，这个医生足足赔了人家三百元才算了结了这件事。他怎么会心甘情愿地赔这么多钱呢？因为他心里明白，出来骗人，总是要还的！

就是这样一个号称"名医"，实际上是庸医的人，来给鲁迅病重的父亲看病，我们不禁替鲁迅父亲捏了把汗！

看完病，自然就要开药，这个医生的药与众不同，药引更是奇特。什么是药引呢？就是中医开了药之后，有时还要用一个东西，去把药的效果引出来，这个东西就是药引。比如说，有个医生用梧桐叶当药引。为什么呢？因为病人生病的时候是秋天。传说入秋的第一天梧桐树就会有落叶，所谓一叶知秋，就是说梧桐先知秋气。那么，用梧桐叶来做药引，就可以以气动气，把病治好。这简直就是在瞎说胡扯嘛，但是这居然还有很多人相信，从这儿可以看出，当时的人真的是十分愚昧。

这里我想补充一下，这篇文章中，鲁迅讲父亲的病，这个"病"，我想有两个意思：一个表面的意思，是他父亲真的生病了；另一个深层的意思，是以父亲为代表的中国人病了。病在哪里？病在愚昧。

整整两年的时间，每隔一天，这个庸医就要来给父亲看一次病。也就是说，两年之间他来了三百多次，每一次的费用是一元四角，加起来真的是一笔巨款，而且每次的药引都很难找。鲁迅写他跟这个医生打交道的时候，用了"周旋"两个字。周旋是很累人的，我们一般什么时候用"周旋"呢？跟敌人周旋。所以，这个庸医是如何折腾少年鲁迅的，我们可想而知！

终于有一天，父亲被治得起不了床了，水肿得厉害，这个庸医就准备脱身了。他跟鲁迅说："我再请一个大夫

《父亲的病》：
鲁迅人生的重要转折点

来吧，虽然你父亲的病不要紧，但经过这位医生的医治，病会好得格外的快。"你看，他给人瞎治，实际上耽误了病人两年时间，临走时还要竭尽全力表示自己是多么地为病人考虑。

接下来，第二个庸医出场了，他的名字叫陈莲河。其实，他原名叫何廉臣，但是鲁迅为了表达对他招摇撞骗的痛恨，特意把他的名字颠倒过来写，说明这个人颠倒黑白、是非不分。

如果说上一个庸医只是欺瞒病人的话，这个陈莲河可就是一个实实在在的江湖骗子了。鲁迅的父亲已经到了生命垂危的地步，他在骗人的时候还是很淡定，这说明他肯定不是第一次把别人的生命当作儿戏。

有多么儿戏呢？你看他开的第一套药引，要原配的蟋蟀。蟋蟀也就罢了，原配不原配有什么意义呢？难道说蟋蟀也要讲贞洁吗？是不是可笑至极？还有一种特别的药丸。因为鲁迅的父亲水肿了，这庸医就让鲁迅去找打破的旧鼓皮做药丸。因为水肿也叫鼓胀，所以用打破的鼓皮自然就可以治好，这一听就毫无科学根据。

后来，当陈莲河提出要用一种点在舌尖上的灵药来治病的时候，鲁迅的父亲沉思了一会儿，摇了摇头。陈莲河又提出，应该请人看看，是不是父亲上辈子造了什么孽，这辈子才会生病，父亲又沉思了一会儿，摇了摇头。鲁迅写父亲沉思、摇头，写了两次，绝不是简单的重复。通过两年的治病经历，父亲终于明白这病是治不好的，他摇头，表面上是拒绝再治病，深层的意思，其实多多少少也有对中医、对传统思想的否定和失望。

这里我想说，当时在中国，真正有水平的中医是有的，但是江湖骗子更多，而且四处横行。我们再往深处去想，难道只有中医里边有这样的江湖骗子吗？那时的私塾教育，一样有招摇撞骗的；提出各种各样救国办法的人中，也有为一己私利而招摇撞骗的。所以，鲁迅是借着《父亲的病》，来说整个中国社会"病入膏肓"了。

父亲的病是治不好了，在父亲就要断气的时候，十六七岁的鲁迅慌了手脚，不知道应该怎么办。这时候，亲戚里出来一个衍太太，她是鲁迅的叔祖周子传的妻子。衍太太认为，父亲要断气了，做儿子的就应该大声地叫

《父亲的病》：
鲁迅人生的重要转折点

父亲，所以她不断地让鲁迅叫父亲。

当时，鲁迅的父亲其实是很痛苦的。鲁迅一叫，父亲原本已经平静下去的脸，又变得紧张起来，还有一丝痛苦。你想啊，一个人在生病难受的时候，是希望周围安安静静的，还是希望有人大喊大叫呢？所以，父亲急促地喘气，低声说"不要嚷"。但是，在衍太太的催促下，鲁迅不得不大声地叫父亲，最后一直叫到父亲咽气。后来，每每想起这件事，鲁迅都很愧疚，他说他觉得"这却是我对于父亲的最大的错处"。

为什么鲁迅会愧疚呢？一方面，是因为他觉得请了这些庸医给父亲看病，对不起父亲；另一方面，是因为父亲在临死前，说过"不要嚷"，但他碍于礼教的束缚，听长辈也就是衍太太的话，吵得父亲在临终前还不得安宁。所以鲁迅在长大后，有了更加理智、更加成熟的思考和判断以后，回忆起来，就会感到特别愧疚和自责。

故事到这里就讲得差不多了。鲁迅的父亲生病了，先是找了第一个庸医，这个庸医治不好，转手介绍了第二个庸医，第二个庸医也没有治好父亲的病，最后父亲因病去世了。

鲁迅用讽刺的笔调重点写了庸医误人，这些人故弄玄虚，没有一点医德，甚至没有一丝人性，只想着骗人赚钱，完全不顾病人的死活和家属的心情。这其实也体现了当时中国的人情世态和社会风貌，只有在黑暗污浊的社会中，这种庸医才有生存的空间。

最后我还想说一说，在这篇文章里面，没有一点点说到鲁迅的反对。鲁迅是完全看不出来那些庸医在胡说八道吗？我相信不是这样的，文章里说，鲁迅把捉到当药引的蟋蟀扔进锅里完事，他也觉得不耐烦，但他不敢拒绝，他还是要照做。为什么？因为传统的孝道对他是这样要求的，他作为家庭的长子，必须全力以赴地去给父亲治病。包括父亲临终前，衍太太让他大声叫父亲，他已经看出父亲很痛苦，听到父亲说不要叫，但他还是必须服从作为长辈的衍太太。

所以，《父亲的病》中，这个"病"有两层意思：一层是父亲真正的病；一层是国人愚昧的"病"，包括传统孝道对人的束缚这种"病"。

《父亲的病》：鲁迅人生的重要转折点

◎创作锦囊
通过具体事件写人物

讲完了《父亲的病》，我再给你讲讲咱们可以从这篇文章里学到的写作方法——通过具体事件写人物。

写人的作文中，我们要写这个人物长什么样，有很多描写方式，包括神态描写、语言描写等。但是这些描写一定要是建立在跟这个人物有关的具体事件的基础上。

很多人写作文，会习惯直接给出一个结论，比如今天我很高兴，我的老师对我很负责任。其实，在下结论之前，应该先想想：我要用什么具体事件来突出这个结论。我们看《父亲的病》里头，鲁迅很想说第一个医生是庸医，但他并没有直接说出"庸医"这个词。他写了这个医生出诊给病人把脉，第二天病人死了，医生赔了一大笔钱这件事，让我们读者很清楚地知道，这就是个庸医。找到并写出跟人物相关的具体事件，就能突出这个人物的特点。

我们举个例子，如果你想写妈妈很爱你，那么首先想一想，妈妈爱你有哪些具体的表现呢？是给你买了什么东西，还是为你做了什么事？还有，你看到妈妈在努力工作，她努力工作其实也是为了给你更好的生活。

你初挑了这些事之后，再去分析一下哪件事更具体，更能让你找到感觉，并且，争取不要太雷同。

什么叫太雷同呢？比如，一提妈妈对你好，每个人都可能想到一盘切好的水果、一杯热热的牛奶，或者是下了雨妈妈准时举着伞，在学校外面接你这样的事情，这样的事例写出来就会太雷同。

如果有一件生活中具体的、真实的事情能体现妈妈很爱你，这件事情发生的时候你又有真情实感，那就再合适不过了。

《琐记》：旧思想的禁锢

上一讲，咱们讲到鲁迅的父亲因病去世，这一讲，咱们要讲的《琐记》这篇文章，写的就是鲁迅父亲去世之后，家道中落，鲁迅离开家去新式学堂求学，一直到他去日本留学前夕这段时间里发生的几件事。

"琐记"的"琐"，是"琐碎"的"琐"，表面上看来，是说写的都是一些小事，但这些小事在鲁迅的成长经历里其实是特别重要的，可以说，如果没有这些小事，鲁迅的整个人生可能都会改写了。

咱们先来看第一件事，它是关于衍太太的。在《父亲的病》里面，鲁迅就提到过她，你一定还记得，她就是要求鲁迅在父亲临死前大声喊父亲的那个亲戚。

在小孩子的眼里，衍太太是个亲切的人，因为她很纵容孩子们。比如，冬天，水缸里结了薄冰，孩子们看

《琐记》：
旧思想的禁锢

见了，就要吃冰。别的大人是不允许孩子们吃的，可是衍太太总是和蔼地鼓励孩子们再多吃点。再比如，孩子们喜欢比赛打旋子。打旋子，就是孩子们模仿京剧里的武打动作，在地上转圈。别的大人都叫孩子不要打旋子，只有衍太太，不仅不阻止孩子们，还在一边帮忙计数。

看到这些，你是不是也觉得，衍太太是个可亲的人？可你千万别被衍太太亲切的外表麻痹了，她对自己家的孩子，可是严得很呢！那她为什么鼓励别的孩子吃冰呢？她是为了等孩子肚子痛的时候看笑话。她为什么不阻止别的孩子打旋子呢？那也是为了等孩子跌倒摔伤时看笑话。看到别的孩子的那种惨状、窘状，衍太太的心里就获得了满足，她就是那种典型的无事的闲人。她还不同于我们现在讲的"吃瓜群众"，吃瓜群众只是看热闹，她是制造热闹，然后看热闹。

可是，年少的鲁迅哪里懂得分辨呢，他觉得衍太太亲近，就愿意去找她聊天。鲁迅看上了什么吃的用的，没钱买的时候，衍太太就让他去拿母亲的钱，或者把母亲的首饰拿去变卖了换钱。

你还记得我们上一讲讲过，鲁迅的祖父因为牵扯上一桩科举贿赂案，被关进了监狱吧。他们家为了救出祖父，不惜变卖家产，而鲁迅的父亲也生了病，看病又花了一大笔钱。所以，他们家早已破败了，哪还有什么闲钱或首饰呢？

鲁迅告诉衍太太，家里没钱也没首饰，但衍太太竟然教唆鲁迅，让他到抽屉里、角落里去翻、去找。当然，鲁迅并没有这么做，但是很快，有一种流言就传开了，说鲁迅偷了家里的东西去变卖。

流言的来源，当然是衍太太，可是她为什么要这么做呢？原来，鲁迅的父亲死后，大家族就要分家产了。按理说，鲁迅家遭遇了这么大的不幸，亲戚们应该能帮就帮一把吧？可是，亲戚们不但不帮忙，还极力地欺负鲁迅一家。他们造谣说，鲁迅家里还有首饰可以变卖，还不至于太困难，目的就是为了分田分地的时候，少分给鲁迅家一些。

从这个故事里，你可以体会到衍太太对鲁迅的伤害。这不是打旋子摔跤了、吃冰吃坏肚子了这种身体上的伤

《琐记》：旧思想的禁锢

害，而是一种心灵的伤害——小鲁迅突然发现一个自己信任的人，所做的一切原来只是想看自己的笑话，只是想落井下石、欺负自己。这种心灵的伤害是更严重的。

家庭的破败、亲戚的欺负，是年少的鲁迅遭遇的困境。鲁迅感到厌烦，想要逃离这个困境。用什么办法逃离呢？这个办法就是读书。

鲁迅对旧式学堂不感兴趣，他想要念新学堂，可是家里困难，拿不出学费。于是，十八岁的鲁迅来到南京，进了一所不用交学费的学校——雷电学堂，也就是江南水师学堂。

这里还有一个小插曲。我们都知道"鲁迅"是笔名，先生的本名叫周树人。但其实，他的原名叫周樟寿。"树人"这个名字，是他的一个叔祖给他改的。因为鲁迅进了洋学堂，而叔祖觉得家里的子弟进洋学堂是一件不好的事情，就不让他用家里给的本名了。不过，这位叔祖万万没想到，"周树人"这个名字，后来会响彻全中国。

我们接着讲鲁迅的求学经历。鲁迅来到南京求学的这一年，正是中国著名的政治运动——戊戌变法发生的时间。戊戌变法，说得简单一点，就是皇帝支持维新派改革。虽然后来改革失败了，但维新思想还是传播了开来，一批新式学校也因此出现了。

鲁迅满怀热情地来到江南水师学堂，想学习海军。没想到，学校教的是什么呢？一周四天学英文，一天学汉文。英文学的都是"这是猫。""那是老鼠吗？"这类毫无用处的句子。汉文跟旧式学堂教的是同样陈腐的内容。

而且，既然是水师学堂，最起码学生应该是要接触水、会游泳的吧。别说，学校还真有过一个池塘，但是这个池塘早些年淹死过两个学生，结果学校就把它给填平了。不但填平了，而且每年都会叫人来做道场，就是和尚念经，超度亡灵。用鲁迅的话来说，这个学校，真是"乌烟瘴气"啊。

一次次的失望之后，鲁迅选择再次逃离！他转去了矿路学堂。矿路学堂还有些意思，是仿照德国的，外文不说"老鼠"和"猫"了，讲德语。课程以开矿为主，铁路为辅。鲁迅学习了数学、化学、地质学、矿物学等

《琐记》：旧思想的禁锢

功课，获得了初步的自然科学知识，这让他终于呼吸到了一些新鲜"空气"。

而且，鲁迅遇到的校长还不错。校长喜欢看维新派的刊物，考汉文的时候，居然自己出了个《华盛顿论》这样的题目。华盛顿，就是美国第一任总统。这足以说明，校长还是了解国际形势的。但是，实际上搞教学的老师们，却没有这么与时俱进，老师们看到这个考题，反而紧张地跟学生打听谁是华盛顿。

在矿路学堂里，鲁迅也接触到了一些新书，比如《天演论》。你可能知道这本书，这是英国生物学家赫胥黎的作品，宣扬了"物竞天择，适者生存"的观点。看了这样的新书，鲁迅眼里的世界越来越开阔了。

然而，好景不长，矿路学堂被裁撤了。因为主办的总督看到采矿的油水不大，没什么钱可捞，也就不愿意开培养采矿人才的学校了，这是当时急功近利风气的一种体现。

此时的鲁迅，已经见识到了新世界的精彩，不愿意再回到闭塞的旧世界去了，他决定去日本留学。在鲁迅的面前，人生又将展开新的一页。

在去日本留学之前，还有一个小插曲。

本来要去日本留学的一共有五个人，结果其中一个因为祖母哭得死去活来，就不去了。从这里你可以看到，落后旧势力的影响有多大。

剩下的四个人，向以前去过日本的前辈打听去日本留学需要做什么准备，前辈嘱咐说要多带一些中国袜，就是配中国靴子的那种又厚又长的白布袜子，还有，钱也要都换成日本银元。

结果呢，在日本当学生是要穿皮鞋的，鲁迅带去的十双中国袜全无用处。而在中国换好的日本银元呢，在日本早已废置不用了。

可见，前辈说的那些关于日本的信息，早就过时了。但当时的环境是那样地闭塞，除了请教前辈，鲁迅他们也确实找不到其他了解日本真实情况的途径了。

《琐记》讲的就是这么几则回忆。从这些回忆里面，我们可以看到，旧思想、旧观念、旧习气，对我们这个民族的影响和禁锢，是非常大的。

《琐记》：旧思想的禁锢

引用 ◎创作锦囊

读完了《琐记》，我来教你一个可以让文章讲述更准确、表达更生动的好办法——引用。

引用是一种修辞方法，就是在说话或写作中引用现成的话，如诗句、格言、成语等，来表达自己的思想感情。

在《琐记》中，鲁迅想表现面对新学堂的兴起，保守的旧势力有多么反对。这要描写起来挺麻烦的，于是鲁迅就引用了这些人汇集的"四书"中的句子来写文章开头："徐子以告夷子曰：吾闻用夏变夷者，未闻变于夷者也。今也不然……"不用多说，通过这段引用，保守势力那种酸腐无知的劲儿就表现出来了。

还是在《琐记》里，鲁迅想表达"学了半天，没学到什么"的失落感，是如何写的呢？他引用了《长恨歌》里唐玄宗找杨贵妃的句子——"上穷碧落下黄泉，两处茫茫皆不见"，不但将失落表现得清晰生动，而且将爱情与求学的感受打通，还有了一些让人哑然失笑的讽刺味道。

如果你要写你觉得自己可难了，又要准备考试，又要写作业，还要准备考级，一堆事挤在一起，就可以引用李清照的一句词"怎一个愁字了得"。这样是不是一下子就帮你把感受说清了？与好朋友分别时，有什么话比引用"海内存知己，天涯若比邻"更给力呢？

《藤野先生》：鲁迅为何弃医从文？

这一讲，咱们来读《藤野先生》。藤野先生是鲁迅在日本留学时候的老师，他对鲁迅非常关照，鲁迅因此一直很感激和怀念他。在这篇文章里，鲁迅回忆了自己和藤野先生的交往，也回忆了在日本的留学生活。

在日本留学期间，鲁迅的人生发生了一次很关键的转折，就是弃医从文。为什么鲁迅学医学得好好的，要中途放弃呢？读了《藤野先生》这篇文章之后，你就会明白。文章的第一部分，是写鲁迅在日本留学时的生存环境。因为藤野先生还没有出场，所以这部分很容易被忽略。但是，如果读不懂当时鲁迅面对的环境，就体会不到藤野先生有多么可贵。所以，我先得给你好好讲讲这部分。

上一讲中，我们讲到，鲁迅的父亲去世，家道中落，鲁迅决定离开家去新式学堂求学。但所谓的新式学堂也让他感到失望，他最后决定去日本留学。所以，你要知道，鲁迅其实是怀着一颗一路都是失望，但又一路存着希望的心来到日本的。

当时的日本，是世界上最大的"中国留学生之乡"。中国这个老大的帝国被"弹丸之国"日本打败之后，清政府感到深深的耻辱，于是清政府向日本派出了公派留学生，去学习日本先进的东西。鲁迅以他优异的成绩，成为公派留学生中的一员。

鲁迅先去了东京弘文学院学习日语，但他很快发现，这所学校所遵循的，仍然是保守、迂腐的一套。比如，要天天拜孔子，还不允许学生剪辫子，等等。鲁迅对此是很不满的，但是有很多中国留学生却过得很是惬意，比如在樱花烂漫的时节，这些人时常成群结队地去赏花。拖着长辫子戴帽子不方便，他们就把辫子盘在头顶。鲁迅先生见到这样的情景，心里感到莫名的反感。所以他讽刺说，这些大男人盘起来的头发"宛如小姑娘的发髻一般，还要将脖子扭几扭。实在标致极了"。

从弘文学院毕业后，鲁迅本该升入东京帝国大学，

《藤野先生》：鲁迅为何弃医从文？

学习采矿冶金，但升学的竞争太激烈了。弘文学院有位老师就跟鲁迅说，日本的医学是很发达的，你还不如去学医。因此鲁迅决定学习医学，并且被仙台医学专门学校免试录取了。

鲁迅就这样成了仙台医专的第一个中国留学生。虽然学校很照顾他，但是当时的鲁迅应该是很寂寞的，除了他，学校连一个中国人都没有。从这里，你能感觉到，鲁迅在学业上开始慢慢地走上坡路，但是他的生活环境在走下坡路。学业上走上坡路，使他的眼界一步一步地开阔，思想一步一步地深刻，对事物的认知，也越来越敏感；但也正是因为他变得深刻和敏感，他在走下坡路的生活环境中，感受到了加倍的痛苦。

就是在这样的环境里，藤野先生出现了。鲁迅用了欲扬先抑的笔法，先写藤野先生是一个很不修边幅的人，黑黑瘦瘦的，留着八字胡，由于穿戴太过随便，甚至还曾被人误以为是小偷。但就是这样一个不在乎外表的人，却对鲁迅格外照顾。藤野先生是一个治学很认真的人。

他可能是觉得中国不太重视现代医学，又看到学校只有鲁迅这么一个中国学生，便认为他有这个责任和义务，借这个学生，把现代医学的理念传播到中国去。

所以，刚开学一周，藤野先生就问鲁迅："我的讲义，你能抄下来么？"在得到肯定的回答后，他就要求鲁迅把讲义拿来给他看。不多时，藤野先生把讲义退还给鲁迅，鲁迅打开一看，不安和感激同时涌上了心头。原来，讲义已经被藤野先生从头到尾用红笔添改过了，不但增加了许多脱漏的地方，而且连文法的错误，也都一一加以订正了。这样的工作，藤野先生每周都会做，而且延续到了每一门他教过的功课。

不仅如此，藤野先生还会纠正鲁迅笔记中血管画得不准确的地方。先生告诉鲁迅，血管移动了位置，虽然比较好看，但解剖图是科学不是美术，要按照实物来画。藤野先生的这种把科学和艺术严加区分，实事求是的精神，对鲁迅产生了深远的影响。

藤野先生还教解剖学。解剖实习开始之后，他很高兴地对鲁迅说，他听说中国人敬重鬼神，怕鲁迅不肯解剖尸体，现在看到鲁迅并不怕，他就放心了。但偶尔他

《藤野先生》：
鲁迅为何弃医从文？

也会让鲁迅有点为难，因为他向鲁迅询问中国人裹小脚的情况。其实，藤野先生纯粹是从医学研究的角度发问的，因为裹小脚会让整个脚的骨头都变得畸形，对血管和神经可能也有影响。

虽然鲁迅知道先生不是要借此侮辱他，或者讽刺他的国家，但是同时他也知道，自己的国家还是有很多落后的东西，而且别人都是很清楚的。

在藤野先生的帮助下，鲁迅在考试中得到了一个中等的成绩。

但是，他的日本同学非常傲慢地觉得，中国人就是低能儿，要不然这么大的国家怎么会打不过日本呢？所以他们认为，鲁迅作为低能的中国人的代表，就理所当然地事事都应该排在后面。但是没有想到，鲁迅的成绩居然排在中等的位置，他们觉得这背后肯定有问题。

因此，就出现了一系列的事情。比如，这些日本同学去检查鲁迅的讲义，想看看藤野先生是不是在讲义里划了考试的重点，漏了题；再比如，他们给鲁迅写匿名的批判信；等等。这简直是赤裸裸的轻视和挑衅！鲁迅心中的阴影，又重了许多，因为这些日本同学否定的不是鲁迅一个人，他们否定的是整个中华民族。

<u>日本同学的轻视已经让人很难忍受了，自己人的麻木则成为鲁迅放弃学医的直接导火索。</u>

那是一次课上看幻灯片，当时是日俄战争时期，所以幻灯片里放的是日本战胜俄国的情景。这个幻灯片里演的是，给俄国人当侦探的中国人被日军抓住枪毙，旁边还有一群中国人围着看热闹。自己的同胞被枪毙，这些中国人却若无其事地围观，这是有多麻木啊！雪上加霜的是，鲁迅的日本同学，还都在拍掌叫好。

这一切，都深深地刺痛了鲁迅，也激发起了他的自省和图强之心。

鲁迅先生深刻地认识到，精神的麻木比身体的虚弱更可怕，要想改变中国的命运，就得先改变中国人的精神。医术只能拯救人的肉体，无法唤醒人的心灵，只有拿起笔，用文学和艺术来改变中国人的精神。

所以，鲁迅坚定地选择了弃医从文，开始寻求一条

《藤野先生》：鲁迅为何弃医从文？

改变国人精神的道路。

文章的最后，鲁迅讲到了对藤野先生的怀念。临别的时候，藤野先生很热情地说，你一定要给我写信，再给我寄张照片。但是，鲁迅后来既没有写信，也没有寄照片。因为他不知道写信说什么，他要去改变这个国家，但这个国家是难以改变的，他正在做的这些事，不知道先生能不能懂。

但是，他又一直把藤野先生的照片挂在墙上，其实这就是一种对先生的回报。虽然他不能告诉先生他的成绩，但是他愿意让先生看着，他一直在努力，因为有先生给他的勇气，即便遭到反动势力的迫害，他仍然会坚持在暗夜里写他的那些文章。

鲁迅先生的这种情感，我们也可以联系自己的生活去理解。当你遇到对你好的老师，你不仅要看到老师怎样照顾你，更要看到老师用什么样的精神影响你。你把老师的这种精神用到你未来的学习、生活中去，这就是对老师最好的回报。

外貌描写
◎创作锦囊

从《藤野先生》这篇文章里，咱们可以学到怎样对人物进行外貌描写。

很多人描写人物的外貌，都会去写他的身高、胖瘦、五官，不管写什么人，都是这个套路。其实，外貌描写不用面面俱到，因为写外貌是为了突出人物特点。所以，抓住跟人物特点相关的外貌，画龙点睛地来描写，比什么都写效果要好。

比如，鲁迅写藤野先生，写了哪些外貌特点呢？首先，他是不修边幅甚至有些邋遢的，可就是这样一位先生，却有着一颗严谨的科学之心，这就产生了对比的效果，让人印象深刻。另外，藤野先生是黑瘦的，八字胡须，戴眼镜，说话是缓慢并且抑扬顿挫的。这给人的感觉是有些冷峻严肃的，这就跟之后他对鲁迅的温和，也形成了对比。

你看，鲁迅对藤野先生的外貌描写，并没有用太多的篇幅，但这对藤野先生整体形象的塑造，却起到了很大的作用。

《〈呐喊〉自序》：
为什么要呐喊？

这一讲，咱们要讲的这篇文章，叫《〈呐喊〉自序》。《呐喊》是鲁迅先生第一部小说集的名字。序，是一种文章的体裁，一般放在正文之前。自序，就是作者自己写的序，一般是介绍一下作者为什么要写这本书，写这本书的过程中经历了什么，这本书有什么样的特点等。所以，序往往是我们走进一本书的"钥匙"。

鲁迅先生在《〈呐喊〉自序》这篇文章里，梳理了自己的人生经历、思想变化过程，还解释了自己为什么会开始写小说。文章开篇写到了鲁迅青年时代的梦。其实，鲁迅的人生经历是可以用几个梦想的破碎来概括的。接下来，我们就和鲁迅先生一起回忆一下，我们之前讲过的，先生年轻时有哪些梦想，这些梦想又是如何破灭的。

《〈呐喊〉自序》：为什么要呐喊？

  他的第一个梦想，是要为父亲治病。《父亲的病》这篇文章里讲过，鲁迅的父亲得了重病，又遭遇了庸医，最后去世了。鲁迅的第一个梦想破灭。

  第二个梦想，是求学之梦。《琐记》这篇文章里，讲到因为父亲的病，鲁迅家道中落，受到亲戚的冷眼和欺负，于是想到新式学堂上学。他先后去了水师学堂和矿路学堂，虽然接触了一些新知识，但这些知识不足以满足他的求知欲，也不足以改变现实。而且，即使在新式的学堂里，他面对的依然是陈腐而古板的生活。所以，借新学堂来找到自己人生方向的梦也破碎了。

  第三个梦想，是日本留学之梦。鲁迅在《藤野先生》里提到过，他希望在日本能够学点真正有用的东西。但是，其他的留学生呢？他们忙着去看风景，忙着去跳舞，留学对于他们而言，就是接触更浮华、更享乐的世界。因此，鲁迅先生的这个梦想破灭了之后，他有了第四个梦想。

  第四个梦想，就是他要学医，这个在《藤野先生》

里面也提到了。鲁迅在仙台医学专门学校求学时，遭遇了生活的压力、日本同学的冷眼，但更重要的是，他看到了一个幻灯片。在那个幻灯片里，一个中国人被杀，却有众多中国人围观。鲁迅被这个画面强烈地刺激到了。

鲁迅先生觉得：我救这些国民干什么呢？我学医是想让他们拥有更强健的体格，但是，如果他们脑子是糊涂的，根本就不觉醒，那么身体越好，就越会成为别人的打手、帮凶。所以，学医的这个梦想，也破灭了。

鲁迅接下来的第五个梦想，就是要用文艺来改变国人的精神。所以他弃医从文，离开仙台，去了东京，和几个留学生一起，筹办了一个杂志，叫《新生》。

你从杂志的名字就可以看出来，鲁迅先生希望这本杂志能够给我们苦难的民众，给我们灾难深重的国家带来新生，这是非常宏伟的一个梦想。

结果，《新生》杂志还没出版，原本答应写稿的人就不见了，后来投资人也跑了。

杂志肯定是办不成了，此时的鲁迅，感受到了深深的寂寞。和之前面对空洞人生的那种寂寞相比，现在的寂寞更沉重，因为他已经知道怎样能让他的人生不空洞，

《〈呐喊〉自序》：为什么要呐喊？

怎么能给别人的人生也带去充实，但是依然没有人懂他。这时鲁迅说了一个比喻，他说："这寂寞又一天一天的长大起来，如大毒蛇，缠住了我的灵魂了。"

在这种寂寞的包围之下，鲁迅选择了回国。他先去绍兴教书，随后又去了南京。他在南京认识了一批新朋友，这里面就包括蔡元培。蔡元培是著名的教育家，也是鲁迅的同乡。后来，蔡元培去北京当了教育部长，就把鲁迅调到了北京教育部任职。

但鲁迅在教育部担任的是一个闲职，没有什么事情可干。当时，他住在北京的绍兴会馆，闲来无事，就抄写古碑，消磨时光。其实，抄写古碑并没有什么实际的用途，只是一种让自己沉静下来的办法。

这里有一段很应景的描写："夏夜，蚊子多了，便摇着蒲扇坐在槐树下，从密叶缝里看那一点一点的青天，晚出的槐蚕又每每冰冷的落在头颈上。"槐蚕，就是生长在槐树上的一种虫子。

你看，从密叶缝里看那一点一点的青天，是多么压抑、沉闷；虫子又冰冷地落在头颈上，是多么阴冷。

好在，还有朋友——钱玄同——来拜访他。钱玄同是咱们国家著名的思想家、文学家。这里很有意思的是，鲁迅在文章里给他起了个名字，叫"金心异"，"金"就是"钱"，"异"其实就是"同"的反义词，所以"金心异"就是"钱玄同"。

对鲁迅抄写古碑的事，钱玄同反复发问：有什么用？有什么意思？鲁迅的回答是：无味、无聊、无用！于是，钱玄同建议鲁迅，为《新青年》写点文章。

《新青年》是20世纪初的一份很有影响力的革命杂志，著名的新文化运动就是由《新青年》杂志发起的。钱玄同是《新青年》的主创者，所以他向鲁迅约稿。

鲁迅答应了，写下了《狂人日记》。你可能知道《狂人日记》，它是中国的第一部现代白话文小说，在中国文学史上有着非常重要的地位。后面我还会专门讲《狂人日记》，这里就先不多说了。

在《狂人日记》之后，鲁迅一共写了十几篇短篇小说，集结成集，就是《呐喊》这部小说集了。

那么，这部小说集为什么会叫《呐喊》呢？这就要

《〈呐喊〉自序》：为什么要呐喊？

说到这篇自序中一个特别著名的比喻——铁屋子。

钱玄同向鲁迅约稿时，鲁迅就对钱玄同说：假如有一间铁屋子，没有窗户，很难被毁坏。屋子里有许多熟睡的人，不久就要被闷死了。如果在昏睡的状态下被闷死，其实是没那么痛苦的。但如果这时有人大喊起来，惊醒了几个较为清醒的人，他们在清醒的状态下被闷死，是很痛苦的。那么，这样做对得起他们吗？

你看懂这个比喻了吗？"铁屋子"，就是当时保守落后的中国；"熟睡的人们"，就是麻木的中国人；大喊起来的人，就是鲁迅、钱玄同他们这一批先觉醒的人。

如果他们大声呐喊，是可能会惊醒一部分人的；但是如果还是没有毁坏铁屋子的希望，清醒反而会让人更加痛苦。

这段话，表现出了鲁迅先生的冷静和理智。他知道不是单凭热情就能干成一件事，几次梦想破碎的经历深刻地告诉他，封闭、保守、顽固的国人难以改变，落后的思想始终是挡在民族前进之路上的大山。

但钱玄同还是相信斗争的力量,他跟鲁迅说:只要有觉醒的人,就有毁坏铁屋子的希望。

接下来,鲁迅在这篇文章里说道:希望,却是不能抹杀的。我有时候仍然不免呐喊几声,聊以慰藉那在寂寞里奔驰的猛士,使他不害怕继续向前。

所以,有人说,《呐喊》是鲁迅大喊一声,带着所有人跟着他冲向光明的地方,这种说法其实是不准确的。鲁迅先生的意思是说,他有太多的同仁,他们已经向前冲了。虽然他认为这种向前冲,未必能彻底解决社会的问题,但是既然有人已经在冲锋陷阵,那他就要在边上呐喊几句,为他们加油助阵。这,才是《呐喊》真正的含义。

《〈呐喊〉自序》：为什么要呐喊？

意象 ◎ 创作锦囊

在《〈呐喊〉自序》这篇文章里面，有一个很特别的细节值得我们关注，就是这样的一句话："这寂寞又一天一天的长大起来，如大毒蛇，缠住了我的灵魂了。"鲁迅写寂寞的时候，用到了"毒蛇"这个意象。

<u>什么是意象呢？简单来说，意象就是有意思的形象。比如，鲁迅先生用毒蛇这个形象来表达寂寞。</u>

对于毒蛇，大家都会觉得应该避而远之，它可以表示冷傲、孤寂、冰冷、阴冷这样一些意思，这和寂寞给人的感觉是相似的。

我也想借着这一点，来给你梳理一下鲁迅跟哪些动物意象有关联。

首先是猫头鹰。鲁迅用猫头鹰来代表他自己，他给自己刻的图章上都有猫头鹰。因为鲁迅先生觉得，自己就像猫头鹰一样，在夜色中慢慢地睁圆了自己的眼睛，在黑暗中寻找亮色。

还有一个意象是白象，白色的大象。鲁迅的老朋友林语堂曾经给鲁迅起外号说，他是一头令人担忧的白象。因为他太特别了，特别得让人担忧。这个外号，鲁迅很喜欢，甚至在给妻子写信时，还在署名的地方画一头大象。

那么，白象是什么意思呢？我们都知道大多数大象是灰色的，如果遇到一头白色的大象，那当然是觉得难得而珍贵了。可能也正是因为白象非常特别，所以它也有些让人担忧。所以，"白象"就代表着鲁迅的与众不同。

还有人说，鲁迅像湖羊一样。为什么是湖羊呢？因为湖羊是一种非常灵活的动物。鲁迅先生其实并不是很多人印象当中的，面庞黝黑、头发坚硬、性格也硬的人。他是很灵活的，他会和他的学生自由自在地开玩笑，他上着上着课，还会一下子跳起来坐在讲桌上。

那么，采用动物的意象来代表人，有什么用呢？太有用了。比如，高考曾经考过，《红楼梦》中用花来代表人物，你会给谁定什么花？那么，如果拿动物来代表你们班的同学，你会怎么安排呢？你可能就会说，某某某像小绵羊一样，某某某就是你们班的狮子，等等。这样的话，你不用去介绍某某某，只要把他定位到一个动物上，我们就知道他的特点是什么了，这样写出来的作文会非常形象。

《我的第一个师父》：离经叛道的和尚

俗话说"一日为师，终生为父"，师父对一个人的影响是很大的。鲁迅在《我的第一个师父》这篇文章里，就写了对他影响很大的一位师父——龙师父。

这位龙师父真的很特别，他是个和尚，可不同寻常的是，他不仅娶了老婆，还生了孩子，实在可以说是一个不走寻常路的和尚。鲁迅的这篇文章也是非常欢乐的，他对师父一家人的自由、真实表达了赞赏，同时也尽情地发挥了讽刺艺术的魅力，在引人发笑的同时又引人深思。

首先，咱们说说，鲁迅为什么要找和尚当师父。这就要提到当时民间的一种迷信的说法了，说有很多妖魔鬼怪，专喜欢杀害有出息的孩子。这怎么办呢？有两个办法：第一个办法，可以给孩子起一个下贱的名字，像

《我的第一个师父》：离经叛道的和尚

阿猫阿狗之类的；第二个办法，就是让孩子拜和尚当师父，就当作是把孩子送给寺院了，这样妖魔鬼怪就不敢来了。当然，这只是一种形式，实际上孩子还是养在自己家里，不是真的去当和尚。鲁迅作为家里的长子，被寄予了厚望，家里怕他养不大，就把他领到寺院里拜了一个和尚当师父，就是龙师父。

在这里呢，鲁迅写了几个很有讽刺意味的细节。比如，拜师的时候，鲁迅得到了一个法名。和尚出家以后，师父都会给起一个法名，这是很严肃的事情，鲁迅本应对这个法名心怀敬意，但后来他在他自己的小说里，把这个法名送给一个无赖用了。这就是说，这个法名对鲁迅来讲，是没有任何意义的。

还有，鲁迅得到了一件百家衣。习俗里说，孩子穿百家衣是可以长寿的。百家衣，本来应该是找一百个人家要来破布，拼凑成一件衣服，但是，鲁迅的百家衣，是用价格不菲的绸布制作的。从这里可以看出来，这布非但不是破布，也不可能是去找一百家人要的，而且还

"非喜庆大事不给穿"，被当成过节穿的衣服了，这其实早已经不是百家衣原本的意思了。这里讽刺的就是，只知道形式，却忘了内容。同时这也告诉我们，习俗里有这些虚伪的东西。

还有一系列这种事情，咱们就不一一说了。那么，拜和尚当师父的事情搞了这么多名堂，有没有用呢？鲁迅又说了一句很有讽刺意味的话，他说这些做法好像还是有一些力量的，因为他"至今还没有死"。这其实是在说反话，花了这么多功夫，只是达到一个底线——没死，那还不如直接说，一点作用都没有。鲁迅先生这种对生活的批判，对保守和落后的批判，真的是入木三分。

好，铺垫完了，开始讲"我"的师父了，他是一个什么样的和尚呢？瘦长的身子，瘦长的脸，脸上留着胡子。和尚原本是不应该留胡子的，龙师父留胡子，就说明他不守规矩。师父对人很和气，但是不教鲁迅念经，也不教他规矩，所以，在鲁迅眼里，师父是一个剃了头发的俗人。俗人，就是世俗的人，这不是贬义的，因为世俗是值得亲近的。师父不是虚假高深的，而是在鲁迅眼前的一个真实的活灵活现的人。

《我的第一个师父》：离经叛道的和尚

接着，鲁迅讲了师父的几件事情，第一件就是他有老婆。和尚当然不应该有老婆，但是龙师父却有老婆。这是怎么回事呢？原来，龙师父年轻的时候，英俊能干，很爱热闹。乡下搭台子唱戏，一般和尚是不该凑这种热闹的，可龙师父不但去看戏，还嫌在台下看不过瘾，竟直接到戏台子上去，替人家敲锣。

满脑袋封建思想的观众就不干了呀：和尚你不好好地在庙里念经，跑上台去干吗呢？真是有伤风化！所以冲着台上的龙师父就骂起来了。龙师父不甘示弱，就跟台下的观众对骂，骂着骂着台下观众就动手了，把甘蔗之类的东西扔到台上去打龙师父。

龙师父寡不敌众，只能夺路而逃，结果后边居然还有人追。龙师父慌慌张张地躲进了一户人家，这户人家只有一位年轻的寡妇，后来她就成了师父的老婆。

你看，这些故事告诉我们，龙师父是什么样的人呢？他是从自己心灵的需要出发，去做他自己想做的事情，并不拘泥于传统规矩的束缚，这样的一个人。

说完师父，又讲了师兄弟。鲁迅有三个师兄、两个师弟，除大师兄外，其余四个都是师父的亲儿子。这些师兄弟里面，作者只着重写了三师兄的两件事。

第一件事情是三师兄受戒。受戒是佛教的一种仪式，要在头上烫出疤痕，是很疼的。大家都很担心三师兄万一受戒的时候哭了，那可太丢人了。所以，在三师兄受戒之前，师父要对他做一番告诫。

通常来说，作为父亲，他应该告诉儿子，佛法高深，忍得一时苦，就能修得正果。结果他却用了唬人的办法，跟三师兄说："不许哭，不许叫，要不然，脑袋就炸开，死了。"你看，和尚应该是最能看透生死的呀，但他拿这个去吓唬自己的孩子，简直是太另类，太不拘一格了。

三师兄的第二个故事也很有意思。三师兄也想娶媳妇儿，而且他想娶的还不是小尼姑，而是千金小姐或者少奶奶。这样他就可以一步登天，改变做和尚的命运。

但接着呢，鲁迅没有写三师兄怎么娶媳妇儿，反而荡开一笔，说和尚在给死人超度的时候，有个仪式，就是死者的家属要在麻线或者白头绳上打上很多结，和尚一边念经一边把这些结打开，这就表示死者在人世间的

《我的第一个师父》：
离经叛道的和尚

一切困扰都解决了，可以去极乐世界了。

但是和尚没有想到，有些小姐会变着花样地打死结，而且还要把麻线或白头绳浸到水里头，或者拿东西把结砸得很结实，要解开这些结简直是太困难了。这是为什么呢？这本来是一个很形式主义的事情，这么一个仪式，做完了就得了，干吗要为难和尚呢？其实啊，是因为当时的小姐们，大门不出二门不迈，很难接触到外面的世界，生活很局促、闭塞，心情自然就不好，于是小姐们就把心中的怨愤，全都撒在了这些结上。

所以，这虽是小姐们用手打出的死结，实际上却代表着她们的心结，而这个心结，是闭塞的生活造成的。

最后还有一件有意思的事情。鲁迅长大了，开始懂事了，就跟三师兄说："你为什么要找老婆？和尚是不能娶妻的。"结果三师兄对他狮吼了一句："和尚没有老婆，小菩萨哪里来！"什么意思呢？你要是去过庙里，你就会看到庙里有高大的佛像，也有很多小的菩萨像。三师兄的意思就是：小菩萨从哪里来的？那自然就是大和尚娶了老婆生的。

你一琢磨就知道，这是强词夺理嘛，但是当时的鲁迅听着好有道理。因为三师兄的意思其实是：不让和尚结婚，这不是违背天性和人伦吗？要一代一代地传承下去，不让和尚结婚生子那哪行呢？

因此鲁迅最后说，他也不知道他们最后怎么样了，但是他们一定有一大批小菩萨，而且小菩萨又有小菩萨。这表面上是说他师父一家人的生生不息，深层次的意思是，我们总需要一种与众不同甚至是离经叛道的力量，才能在沉闷的生活的水面激起浪花。这一句"和尚没有老婆，小菩萨哪里来"也是在告诉我们，生命要是没有突破，未来从哪里来。

从这篇文章里，我们可以体会到，鲁迅对和尚师父、师兄的这种离经叛道，这种真实，是十分赞赏的。在现实生活中，因为制度和传统的束缚，不敢面对真实自我的人太多了。所以，如此真实的师父一家人，给鲁迅留下的印象是那样地深刻。鲁迅后来勇敢地冲破自己不喜欢的生活，去新式学堂上学、出国留学，不停寻找新的道路，可以说，多少也是受到了龙师父一家的影响。

《我的第一个师父》：离经叛道的和尚

◎创作锦囊 用人物语言塑造形象

读完了《我的第一个师父》这篇文章，我们来讲讲"用人物语言塑造形象"的写作方法。

人物语言，就是人物说的话。在鲁迅先生的这篇文章里，给人印象最深的就是三师兄最后吼出来的那一句："和尚没老婆，小菩萨哪里来！"这句话一下子就表现出了三师兄这个和尚的叛逆，以及他不受拘束的个性。我们一想起这句话，就能想到三师兄这个人物。

再比如咱们前面讲过的闰土，他有一句话是"老爷"，一提起"老爷"，我们就能想起成年后的闰土在生活的压迫下，成为一个毫无个性的木偶人的形象。

你在写作文的时候，也可以挖掘一下身边的人，有没有谁说过某句话，这句话一听就是这个人说的话。举个例子，你认识一个非常节俭的人，她看到别人买什么新的东西都会说："哎呀，真是浪费钱。"这句话跟她节俭的性格非常吻合，你就可以把这句话写进你的作文里去。

《阿长与〈山海经〉》：普通女子的真诚质朴

这一讲，我们来讲《朝花夕拾》里的另一篇文章——《阿长与〈山海经〉》，看看鲁迅先生又在回忆中，拾起了哪些珍贵的内容。

先来看标题，《阿长与〈山海经〉》。阿长是一个人，一看这个名字，我们就会有一个初步的印象，她是一个小人物，不然不会连姓都没有。《山海经》是一本书。把人和书放在一起，那肯定是因为在记忆当中，这个人和这本书有着不一般的关系。

其实呢，阿长是鲁迅的保姆，从他三四岁的时候就开始带他了。阿长并不是她真正的名字，是先前有一个女工叫阿长，她顶了这个女工的空缺，但是大家叫阿长叫习惯了，于是也就叫她阿长了。这充分说明，她是一个小人物，大家连她叫什么都不在意。不过，她跟小鲁迅在生活中是很亲密的，亲密到什么程度呢？阿长和鲁迅一个床睡觉，事事都得看着他、管着他。你可以把阿长想象成你身边的一个年长的女性，她跟你的关系特别近，但是有时候你又有点儿烦她，因为什么事她都要管。

接下来，文章里就讲了鲁迅和阿长之间的几个故事。那个时候，鲁迅应该是七八岁的年纪。

第一个故事，是睡觉的故事。前面我们说过了，阿长跟小鲁迅一床睡，但她睡相不好，张手张脚，摆成一个"大"字，小鲁迅被挤着睡，热得难受。这就有点奇怪了，你说阿长作为保姆，怎么不照顾少爷呀？但是换一个角度想一想，那可能是因为阿长实在是跟小鲁迅太熟了，把他看成是自己的孩子，就像妈妈对待孩子一样，很亲密，没有那么多顾忌。小鲁迅甚至直接叫她"长妈妈"。

第二个故事，是吃福橘的故事。在鲁迅家乡有个风俗，正月初一的时候，小孩儿早上起来，睁开眼睛的第一句话，就一定要跟他身边的长辈说"恭喜恭喜"。然后大人就说："真乖，给你吃福橘。"

其实，小鲁迅根本就不知道为什么要做这个事情，

《阿长与〈山海经〉》：普通女子的真诚质朴

但是阿长把这个事情特别郑重地跟他反复叮嘱。到了正月初一早上，小鲁迅一睁开眼睛，本来想一骨碌爬起来，阿长就摁住了他。但是呢，说"恭喜"这个事儿，长辈还不能提醒，所以阿长特别焦急地看着小鲁迅。小孩儿可能迷迷糊糊，还有点起床气，还没明白呢，后来突然想起来了，就说"阿妈，恭喜"。阿妈，是一个孩子自然地对他的保姆的很亲密的称呼，"恭喜"是按照要求说出来的。这时候，阿长就如释重负地说："真聪明！恭喜恭喜。"然后，还没等小鲁迅反应过来，冰凉的橘子就塞到他嘴里了。我们可以看出来，对鲁迅来说，这件事其实并不是什么很愉快的经历。

看了这两个故事，你是不是觉得，小鲁迅不怎么喜欢阿长啊？不是的，接下来反转就来了。先来说一个小反转——长毛的故事。

平日里，阿长会给鲁迅讲长毛的故事。"长毛的故事"，在那个时候指的是洪秀全领导的太平天国起义，当时人们管太平军叫"长毛"。但是阿长不懂，她会把太平军，还有一切妖魔鬼怪和土匪的故事，都混在一起讲。

阿长说，长毛很厉害，会掳走孩子，让他当小长毛，还会掳走年轻的姑娘。阿长说到自己的时候，就说长毛会把她们这些人逮起来放在城墙上，并让每个人脱下裤子，这样的话对面的大炮就打不出来了，或者就自己炸了。这估计也是阿长听别人随口说的，但小小的鲁迅由此就对阿长有了一种敬佩，他觉得长妈妈好厉害啊，连大炮都能对付。

但是这种敬佩之情没有持续多久，因为阿长踩死了小鲁迅的宠物隐鼠，小鲁迅的心里便对她充满了怨恨。

接下来又出现了一个反转，跟《山海经》有关。我猜你听过这本书，没听过也不要紧，你可以去查查资料。《山海经》是中国古代一部很了不起的书，它讲了很多好玩的故事，像精卫填海、夸父追日、女娲补天等，都是从这本书里来的，这些故事都充满了丰富的想象。

鲁迅的远房叔祖，是一个生活不太如意的寂寞的老爷子，他给鲁迅讲了《山海经》里画的图。这些图画的是什么呢？画着人面的兽、九头的蛇、三脚的鸟、生着翅膀的人……对一个孩子来说，简直没有比这更具有诱惑力的了，小鲁迅听过之后就一直念念不忘。

《阿长与〈山海经〉》：普通女子的真诚质朴

但是，这位叔祖不知道把绘图的《山海经》放到哪里去了，找不到了。然后，小鲁迅就把他自己好不容易攒的压岁钱拿出来，逮着机会出门，赶紧奔书店去买，但书店又关门了。家里人不知道小鲁迅着急要买书吗？知道。但小孩子的事情何必放在心上呢？只有跟他朝夕相处，跟他挤一张床的阿长会惦记这个事。所以，阿长就来问《山海经》是怎么一回事了。

接下来，就到了故事的高潮。阿长告假回家了，在那之后的四五天，穿着新蓝布衫的阿长像一个女英雄一样，高兴地拿回了小鲁迅一直渴望的《山海经》！但她说的可不是《山海经》，她大声而粗糙地说："哥儿，有画儿的'三哼经'，我给你买来了！"看到了吗？"三哼经"啊，她竟然都不知道这书的真正名字，只是记得大致的发音。可是，给小鲁迅带回这书的，恰恰就是阿长。

因为心里惦记，所以不顾一切。你能想象出，这个蠢蠢笨笨的女子怯怯地走进每一家书店，问有没有"三哼经"，问得店员莫名其妙，还要执着地找那本带画的书的样子吗？这是一种爱，是对孩子心灵的关爱与尊重。

想想那时的小鲁迅，他没有办法得到这样一本书，是多么无助和难受。这时，能够轻而易举得到书的成年人，像他的父母、叔公、先生这些人，却不去关注他内心的需求。成人集体无视孩子的心灵需求，这对孩子的伤害，真的是巨大的。但是，跟其他人相反，最没有地位的阿长做到了，一个自己曾经嘲笑过、厌烦过的阿长，给自己带来了最大的惊喜与震撼。长妈妈对鲁迅的爱，是理解，是在乎，是行动！

咱们来梳理和总结一下《阿长与〈山海经〉》。这篇文章讲的是鲁迅对小时候的回忆，关于儿时的回忆肯定是零散的、片面的，之所以写《山海经》，是因为它就是回忆当中最亮的点，也是印象最深刻的点。它告诉我们，一个普通的女子阿长，她没有什么社会地位，她不曾拥有自己的名字，但是这并不妨碍她真诚质朴地去对待身边的人，全心全力地去爱她所在乎的那个人，即使他们之间没有任何亲情关系。以孩子的视角，回忆对这个人物的种种情感，实际上是为了最后隆重推出阿长送《山海经》的行为，给他带来的那种内心的震撼和感动。

《阿长与〈山海经〉》：普通女子的真诚质朴

◎创作锦囊　设置波折

读完了《阿长与〈山海经〉》这篇文章，我们来讲讲写作方法——设置波折。

在这篇散文中，小鲁迅对阿长的感情，从最初的嘲笑、厌烦，到听了长毛的故事之后的稍有敬意，再到隐鼠被踩死的怨恨，最后因为阿长买来了《山海经》，感情陡然升华，有着震悚式的尊敬和长久的感恩。鲁迅对阿长的感情不是一下子就到达顶点的，而是经历了一些波折。这样安排情感的变化，更容易抒发感情，也更容易抓住读者的心。

你在写作文的时候，也可以试试这个方法。你要表达对人或事的感情的时候，注意安排一个小小的波折。比如说，写你爱妈妈，那你可以加入一件小事儿，先写你和妈妈之间的矛盾、误会。又比如说，写你和同学打架了，那么在此之前，你可以写写你跟他有多好，这样才能凸显出跟他打架之后你的心痛。

《范爱农》：正直知识分子所遭受的摧残

这一讲，我们来讲《范爱农》。主人公范爱农，是鲁迅的同乡，他是在日本留学期间和鲁迅认识的。但不幸的是，1912年，范爱农溺水身亡了。后来，鲁迅就写了这篇文章来悼念他。文章以时间为线索，围绕着范爱农这个核心人物写了四件事，伴随着这四件事，鲁迅对他的感情也发生了变化。

咱们先来看第一件事——徐锡麟事件。前面咱们说过，范爱农和鲁迅都在日本留学。当时，有一位叫徐锡麟的革命家发动了起义，刺杀安徽巡抚恩铭，后来起义失败，徐锡麟被捕就义了。消息传到日本，留学生们都坐不住了，一部分人就想发一封电报到北京，谴责政府，但有一部分人不同意发这个电报。两边激烈地争执了起来。鲁迅是主张发电报的，他刚说完自己的观点，突然有一个钝滞、缓慢的声音说："杀的杀掉了，死的死掉了，还发什么屁电报呢。"说这话的，正是范爱农，这句话其实就是范爱农的精彩亮相，未见其人，先闻其声。

文章接着写到了范爱农的样子，他是一个有着高大身材、长头发、眼球白多黑少的人，也正是因为他眼白比较多，所以看人总像是在藐视。

请你想一想，范爱农为什么要说那样的话。"发什么屁电报"这句话有两个意思：第一，不要空谈，人都死了，你们去骂一下政府有什么用呢？第二，你们希望能够骂醒政府，这不就是你们的幻想吗？我们能不能不要空谈，也不幻想，做点实实在在的事。

可是，当时鲁迅年轻气盛，没有听懂范爱农真正的意思，他认为范爱农反对发电报就是因为害怕。而且，范爱农还不是一般人，他是受害者徐锡麟的学生啊。所以，鲁迅觉得很愤怒：他的先生都被杀了，他居然连发一个电报都害怕！

接下来，当大家讨论谁来写这个电报时，范爱农就说谁主张就谁写，让鲁迅去写。因此，鲁迅就觉得范爱农在针对他，觉得这个人很可恶。当时的鲁迅甚至觉得，中

《范爱农》：
正直知识分子所遭受的摧残

国不革命则已，要革命首先就要把范爱农除去。这当然是鲁迅夸张的说法，他是要强烈地表达这样的情感：我和范爱农势不两立！而且我特别看不上这个人，我觉得这个人无情无义，他的老师死了，他都没什么反应。这是鲁迅和范爱农之间发生的第一件事，初次相识便势不两立。

第二件事，发生在鲁迅回到故乡做教员之后。有一次，他偶遇了范爱农。范爱农穿着旧的马褂、破的布鞋，而且有了白发，可见生活是坎坷的。谈起自己的经历，范爱农就说他后来没有了学费，不能再留学，便回来了。当年去日本留学，想必他也是怀着救国救民、追求新生活的梦想的。但是，理想很丰满，现实很骨感，回到故乡后，他只能靠教书为生，而且生活得很不如意。

那次偶遇之后，鲁迅和范爱农就常常一起喝酒。有一天，他们谈起了往事。鲁迅问范爱农："你当年为什么故意反对我？"范爱农就说："因为我一直觉得你很瞧不起我们。"

原来，那时候鲁迅是先到日本的，所以他就去接后面来日本的留学生，也就是范爱农他们这一批人。海关检查留学生的行李，居然在里面发现了一双中国女人的弓鞋。弓鞋就是裹小脚之后穿的那种鞋子。鲁迅心想，男人怎么能带这些东西，便不自觉地摇了摇头。

接下来，他们上了火车。上车了就赶紧坐下呗，可大家还你让我、我让你，因为中国人习惯要谦让，要让座嘛。结果火车一开动，就摔了好几个。鲁迅心想，连火车上的座位也要分出尊卑来，已经到了新的环境，还有旧的习气，所以又忍不住摇了摇头。

范爱农对鲁迅说："你当时就对我们不满，看不起我们，所以你摇头了。"范爱农把鲁迅的摇头记得那么清楚，而且一直认为鲁迅看不起他们，这是因为范爱农特别敏感、特别自尊。

但是范爱农也告诉鲁迅，弓鞋其实是他帮师母带的，于是两个人之间的误会也就解除了。两个人从刚开始的彼此看不上，发展到经常在一起聊天喝酒，这是因为他们骨子里是一样的人，有着共同的想法，也都是与世俗不相容的人，所以他们才会有共同的语言。

咱们接着说第三件事。武昌起义之后，绍兴光复，

《范爱农》：正直知识分子所遭受的摧残

革命党进城了，清政府被推翻了。范爱农特别高兴，他跟鲁迅说："我们今天不喝酒了。我要去看看光复的绍兴。"范爱农真的是精神焕发，他觉得他的理想壮志终于可以实现了。

在那之后，鲁迅做了一个师范学校的校长，范爱农成为学监，就是学校里监督、管理学生的人。范爱农又办事又教书，实在是勤快得很。

但是，当时发生了一件事情，就是有几个年轻人借用了鲁迅的名头，写文章、发传单，去骂绍兴大帅王金发。而且搞笑的是，他们一边骂还一边收王金发的钱，收了钱之后，还会加倍地去骂。从这里你也可以看到，革命后来变成了一场闹剧，变成了一些人赚钱的机会。

再这么发展下去的话，鲁迅会很危险，而且他也看到，在家乡发展没有什么出路。正好南京有朋友叫他去南京谋生，鲁迅就决定离开绍兴。范爱农走不了，但他赞成鲁迅走。他略带凄凉地说："住不得，你快去罢。"

范爱农是凄凉的，鲁迅何尝不是呢？他们好不容易盼来了革命的胜利，却又感受到了生存和精神的双重困境。

鲁迅去了南京，又从南京到了北京。没过多久，鲁迅忽然从同乡那里得到一个消息，说范爱农掉到水里，淹死了。这就是咱们要说的第四件事。

鲁迅一开始怀疑范爱农是自杀的，因为范爱农是游泳的好手，他怎么会淹死在水里呢？鲁迅写道："夜间独坐在会馆里，十分悲凉，又疑心这消息并不确，但无端又觉得这是极其可靠的，虽然并无证据。"

为什么疑心这个消息不是真的，但又觉得极其可靠呢？因为鲁迅的情绪是纠结的。他不希望范爱农就这么死了，但是又觉得，其实死对范爱农而言也是一个合理的结局。

鲁迅回到绍兴后，听说范爱农后来确实过得很不如意。范爱农失去了学监的工作，整天没什么事可做，周围人还都讨厌他。但在这段日子里，范爱农总是想念着鲁迅。他时常说的一句话就是："也许明天就收到一个电报，拆开来一看，是鲁迅来叫我的。"他还在等着鲁迅找到更好的机会，把他也带出绍兴。

关于范爱农的死因，别人说他是喝醉了之后上厕所

《范爱农》：
正直知识分子所遭受的摧残

的时候，掉水里淹死的，死都死得这么狼狈。但是鲁迅却说，范爱农在菱荡里被找到的时候，身体是直立着的。根据鲁迅的弟弟周作人的回忆，这并不是事实，范爱农被找到的时候其实是蹲着的。

那么，鲁迅为什么要写他是站着的呢？因为这是鲁迅的希望，他希望范爱农始终是可以站着的，他的风骨永远都在，他永远不与世俗相容。更何况，范爱农死了，但他鲁迅还在，他就带着两个人的希望和努力前行。

我们回顾范爱农的一生，他怀着革命的热情踏上了留学之路，回故乡后却只能靠教书维持生计。他一听革命来了，高兴得不得了，可是他被迫害、被摧残，只能过着穷困潦倒的生活，最后，死去了。范爱农的遭遇，让我们感受到了当时的封建势力对正直爱国的知识分子的那种摧残。

再说说文章的结尾吧。文章的结尾就像一个典型的老友回忆，鲁迅说现在不知道范爱农唯一的女儿境况如何，如果在上学，中学该毕业了吧。通过这样平常温馨的话，鲁迅表达了对范爱农的怀念。

◎创作锦囊
对比手法

读完了《范爱农》这篇文章，我想跟你说一说"对比"这种写作手法。

文章中关于范爱农的对比有很多，比如年轻的范爱农和中年的已经有了白发的范爱农，这是一个外形上的对比。

还有范爱农见到绍兴光复了，高高兴兴地说"我们今天不喝酒了。我要去看看光复的绍兴"和之后他凄凉地说"这里又是那样，住不得。你快去罢"，形成的一组心情上的对比。

你在写作文的时候，也可以用到对比的手法。比如说，可以写刚认识一个人的时候和与她分别时的对比：刚认识她时，她是个傻傻的小女孩；分别时，她已经变成了一个少女，从容地对你招手微笑。对比，可以凸显人物前后的变化。

《无常》：可爱、可亲的鬼

不知道你有没有听说过黑白无常？黑无常和白无常是中国民间文化里的一对鬼差，他们手里拿着脚镣和手铐，专门缉拿鬼魂，帮助阎王爷赏善罚恶。

这一讲，我们要读的这篇文章《无常》，主人公就是白无常，也叫活无常。

文章的开始，鲁迅向我们描述了迎神赛会上的活无常。迎神赛会，咱们在讲《五猖会》时讲到过，这是人们为了祈求神仙保佑而举行的赛会，人们会扮成各种神仙鬼怪走街串巷。像阎王爷这样主管人间生死的鬼神，他出场的阵势尤其大，除了要有人扮演阎王爷，还要有人扮他的手下，如鬼小兵、鬼王、活无常，等等。鲁迅说，像这些小角色，通常是由粗人和乡下人扮演的。

接下来，文章写道，人们在赛会上最愿意看的就是

《无常》：
可爱、可亲的鬼

活无常了。为什么呢？首先，是因为活无常和那些鬼小兵、鬼王不一样。鬼小兵、鬼王穿着红红绿绿的衣服，脸是蓝色的，上面画着鳞片，手里拿着钢叉、钢环，故意做出阴森森的样子。而活无常是浑身雪白的，在花花绿绿当中显得十分特别，给人一种"鹤立鸡群"的感觉，人们忍不住就想多看两眼。活无常也不像阎王爷那样高高在上，他是很接地气的，是百姓最熟悉的鬼神。所以，人们最期待，也最愿意看的，就是活无常。

接着，鲁迅告诉我们，庙里也能看见活无常。他的泥塑被安放在城隍庙的一间小房子里，一进门就能看见。但是，那里的活无常拿着铁索，站在一块跳板的一端，如果你踩上了跳板的另一端，他就会跳起来，然后向你扑过来，用铁索锁住你的脖子。就像恐怖屋里那些突然冲出来、故意吓你一跳的鬼怪一样。庙里的活无常吓倒了不少老百姓，于是后来这跳板就被固定住了。

从这里我们知道，其实人们心里不太喜欢庙里的这个活无常，因为他不活泼可爱，甚至还有点儿吓人，和人们心里可爱的活无常不一样。

接下来，鲁迅说如果想看更清楚的活无常的样子，可以在一本叫《玉历钞传》的书上找，书上画着活无常的图像。活无常身上穿着雪白的丧服，脖子上挂着些冥币纸钱，腰上系着一根草绳，脚上穿着一双草鞋，手里拿了一把破芭蕉扇，还有铁索和算盘。他头上戴着一顶下面宽上面窄的帽子，帽子上写着"一见有喜"。还有一种版本，帽子上写的是"你也来了"。知道"一见有喜"和"你也来了"是什么意思吗？

首先，咱们说说"一见有喜"。见到活无常，按理说就是见了鬼了，这不是什么好事；但是活无常并不是来伤害人的，你见到他依然安然无恙，这就叫"一见有喜"。那么，"你也来了"是什么意思呢？这就是一句熟人见面打招呼的话，很接地气，让人听了觉得很亲切，拉近了人们和活无常的距离。

同样是在《玉历钞传》里，还有一种和活无常穿着打扮很相似的鬼，活无常是白脸白衣服，这个鬼是黑脸黑衣服，这就是黑无常，在迎神赛会上也被叫作死无常。据说，摸了他的后背就能摆脱晦气，但是从来没有人在

《无常》：可爱、可亲的鬼

摸过他之后真正摆脱过霉运。死无常不能真正地帮人们解决困难，所以人们并不像喜欢活无常那样喜欢他。

如果想知道活无常可爱在哪里，鲁迅先生说，一定要去戏里看看。庙里的塑像和书上的图像都是看不出活无常的可爱的，普通的戏也不行，一定要看"大戏"或者"目连戏"，才能看出来。目连戏是一种古老的戏剧，一场目连戏会演一个晚上，第一天黄昏时开演，第二天天亮时结束。

戏里一般都有一个大坏人，在戏的尾声，坏人都会受到应有的惩罚。这个时候，活无常就会吹着一种奇怪的乐器，在人们的视线中登场。他是受阎王爷之命来取走坏人魂魄的。

从这里我们可以看出，当时的人们对"坏人最后一定要得到惩罚"这样的结局是很期待的。老百姓在现实中得不到公正，就只能向往阴间的公平审判。于是，惩罚坏人、主持公理的活无常在人们的眼里就变得可亲可爱了。

戏里的活无常，有粉色的脸颊、红色的嘴唇、黑色的眉毛，威风凛凛又妩媚多姿。但他一上场就打了一百零八个喷嚏，放了一百零八个屁。你发现了吗？这活无常是不是像个活生生的人？这不就跟老百姓一样吗？

我们再来感受一下这个戏文的内容，是充满了人情味的。有一天，阎王爷下令让活无常去带回一个人的魂魄。这个人得了重病，吃了庸医开的药死了，他的母亲趴在床前悲伤地痛哭着。活无常可怜这位母亲，就让病人活过来一会儿，让他可以和母亲告个别。结果，这事被阎王爷知道了，说活无常是收了钱才这么干的，打了活无常四十大板。

看到被冤枉的活无常，老百姓将心比心，就觉得活无常更亲切了。这里其实也有一些反讽的意思，我们不禁想到：人世间有没有这样的，看到百姓的疾苦，能够不惜自己受惩罚，也要为百姓争取利益的人呢？

最后，戏里的活无常是这样说的："那怕你，铜墙铁壁！那怕你，皇亲国戚！"这句话真是铿锵有力、磊落大方。小人物有骨气、有正义，这种刚毅坚定，让我们想起以前讲过的治水的大禹，拉弓搭箭的后羿，他们和

《无常》：
可爱、可亲的鬼

我们今天讲的活无常是一样的，就是鲁迅先生说的那种埋头苦干的、拼命硬干的、为民请命的人。

文章还写道，活无常也是有妻子儿女的，还有人说，活无常其实是个活人，他是在梦里去帮阎王爷做事，所以有儿女，有感情又直爽，人们甚至敢和他开玩笑。可见在人们心里，活无常和老百姓没什么不同。

文章的最后说："莫非入冥做了鬼，倒会增加人气的么？"就是说，活无常原本是活人，在梦里做了鬼，反而会变得更有人气了吗？这一句话，让鲁迅的风格和味道又回来了。鬼身上有人气，那人呢？人世之间反倒充满了鬼气，这就表达了鲁迅对人世间的失望。

总结一下，《无常》这篇文章主要讲的是招人喜欢的活无常。活无常为什么招人喜欢呢？因为他和阎王爷、鬼小兵、鬼王都不一样。他活泼、幽默、诙谐、可爱，很容易亲近，最重要的是，他有人情味儿，根本不像鬼，而是和普通老百姓一样，还能帮助人们惩恶扬善，所以人们都喜欢他。

对比

◎ 创作锦囊

读完了《无常》，我来给你讲讲"对比"这种写作方法。

对比可大可小，既可以是整体环境的对比，也可以是人物性格特点的对比。《无常》这篇文章就是拿鬼的世界和人的世界作了对比。鬼的世界和人的世界，一个是虚幻的，一个是真实的，但虚幻的是我们盼望和追求的，而真实的却是让我们厌弃的，让我们希望逃离的。同时，虚幻的鬼的世界充满了人情味，而真实的人的世界却那么残酷。通过这种对比，让我们体会到人生存的困境。

落实在写作当中，我们可以试着用对比的方法写一下学校里和学校外的对比。比如在学校里，你和朋友们可以很快乐地相处，可以实话实说，可以做最佳损友；但是在校外，走到了成人的世界当中，你们可能就收敛了自己、压抑了自己。这个对比就写出了，校内的世界是自由的，而校外的世界是充满束缚的。

我们之前讲过《从百草园到三味书屋》，百草园和三味书屋就形成了鲜明的对比。百草园代表曾经的美好，三味书屋是现在该过的日子。

《风筝》：对弟弟的愧疚和忏悔

这一讲我们要讲的，是一篇鲁迅先生回忆童年的散文——《风筝》。

文章的开篇，鲁迅正在北京，当时是冬天，地上还有积雪。树枝上的叶子已经掉光了，光秃秃的，而天空是很晴朗的。这时，鲁迅看见远处有几只风筝在天上飞。这么寒冷的天气竟然有人放风筝，鲁迅觉得有些惊讶。除了惊讶，他还感到了一丝悲哀，因为这些风筝让他回忆起了小时候一件悲哀的事。

接下来，鲁迅带我们进入了他的童年回忆。鲁迅的故乡在浙江，在那里，二月份已经是春天了，杨柳发芽，桃树长出了花蕾。孩子们会在这时候放风筝，有螃蟹形的、蜈蚣形的……各种各样的风筝。色彩艳丽的风筝和春天的景色互相照应，显得江南的春天更加温和美丽。

《风筝》：对弟弟的愧疚和忏悔

不过，鲁迅和其他孩子不同，他从小就不爱放风筝，甚至讨厌放风筝，因为他觉得这是没出息的孩子才做的事情。鲁迅不仅自己不放风筝，还禁止自己的弟弟放风筝。看到这儿，你是不是觉得鲁迅有点儿过分？

其实，鲁迅是可以这么做的，因为在当时，长兄如父，哥哥对弟弟来说就像父亲一样，是可以管教弟弟的。鲁迅为了让弟弟有出息，所以禁止弟弟放风筝。可是，鲁迅的弟弟偏偏特别喜欢风筝，鲁迅不让他放，他就只能张着小嘴，眼巴巴地看着天上别的孩子放的风筝，有时候一看就是小半天，看的时候还经常为天上的风筝大呼小叫、蹦蹦跳跳。弟弟的这些行为，在鲁迅的眼里，是可笑并且让人看不起的。

接着，鲁迅讲述了那个让他回忆起来感到悲哀的故事。有一天，鲁迅发现好几天都没见着弟弟了，想起来好像之前见到他在花园里捡竹竿。聪明的鲁迅一下子就明白了："好啊，这个没出息的弟弟，我不让他买风筝，他竟然想着自己做风筝了，而且还想瞒着我？"

鲁迅跑到一间堆积杂物的小屋，在那里发现了正在做风筝的弟弟。鲁迅觉得自己发现了弟弟的秘密，很得意，但同时他又觉得非常生气：弟弟怎么能瞒着自己做这种没出息的玩意呢？于是鲁迅折断了弟弟做的蝴蝶风筝的支架，踩扁了风筝的转轮。毁掉弟弟的风筝之后，鲁迅骄傲地走了出去，留下弟弟一个人绝望地待在小屋子里。

童年的鲁迅，一直认为自己毁了弟弟的风筝是为弟弟好。那么，鲁迅是什么时候意识到自己错了的呢？是在鲁迅和弟弟分别很久之后，当时鲁迅已经步入中年了。

有一天，鲁迅看了一本外国的讲儿童的书，书里说，游戏是儿童最正当的行为，玩具是儿童的天使。鲁迅突然意识到，自己二十多年前的行为是对弟弟天性的虐杀。鲁迅写道，他的心变成了铅块，很重很重地坠落下去了。

那么，既然鲁迅知道错了，他有没有想办法补救呢？鲁迅当然想过补救的办法，还想了不止一个。第一个办法是送给弟弟风筝，和弟弟一起放风筝。可是鲁迅和弟弟已经都是中年人了，早就过了放风筝的年纪。这个办法不行。

《风筝》：对弟弟的愧疚和忏悔

鲁迅又想了一个办法，就是直接向弟弟认错，请求他的原谅，这样也能够减轻自己心里沉重的负担。于是，鲁迅向弟弟真诚地反省了自己当年的错误。鲁迅本以为弟弟会说"我可是毫不怪你啊"，可没想到弟弟惊讶地说："有过这样的事么？"

弟弟像是在听别人的故事似的，根本不记得有这么回事儿了。鲁迅酝酿了这么久的道歉和沉重了这么久的心情，突然间不知道该怎么办了。弟弟不记得这件事，就意味着鲁迅永远也没有办法得到弟弟的原谅，给弟弟童年造成的伤害再也没有办法补救了。所以，鲁迅心里的负担一点儿都没有减轻，反而加重了。

鲁迅的回忆到这里就结束了，画面又回到了"现在"。在这个寒冷的北京的冬天，天上的风筝带给鲁迅的不仅是儿时的回忆，更是一种悲哀的心情。鲁迅说：我想从春天的回忆里逃离，躲到肃杀的严冬中去。但是，我现在就处在严冬当中，严冬给我带来了寒威和冷气。

在《风筝》这篇文章里，鲁迅表达了他对弟弟的愧疚和忏悔之情。为什么一件关于风筝的小事儿，使鲁迅有如此之大的感触？

首先，鲁迅一想起故乡，就想到了这件悲伤的事。故乡本应该是他的精神家园，是美好的，但是鲁迅觉得自己做错了事，把这些美好给破坏了。

其次，鲁迅在忏悔，因为他意识到了自己作为一个现代的知识分子，心中仍有残存的传统的思想。比如，鲁迅遵循着"长兄如父"的原则，因为自己觉得放风筝玩物丧志，就不让弟弟放风筝。用自己的标准去要求别人，这是不符合现代思想的。再比如，鲁迅发现弟弟在做风筝，就因弟弟"瞒了我的眼睛"而生气。不能接受别人违反自己的意志，这体现了鲁迅内心非常强烈的支配欲。鲁迅意识到了自己的问题，因而感到悲哀。

总结一下，鲁迅在北京看见有人放风筝，回忆起了自己小时候不但不让弟弟放风筝，还毁掉了弟弟亲手做的风筝的事。当鲁迅意识到这是一个很大的错误时，却已经没有办法补救了，鲁迅只能带着沉重的心情不断地反思自己的错误。

《风筝》：对弟弟的愧疚和忏悔

◎创作锦囊

环境衬托心情

读完了《风筝》这篇文章，我来教你一个写作方法——环境衬托心情。

在这篇文章里，鲁迅写了北京的冬天非常寒冷、没有生机，这既写出了此时他周围的环境，又让我们感受到了他的那种悲哀的心情。

你在写作的时候，也可以用你眼中的环境来衬托你的心情。比如，在表达你今天心情很好时，可以这样写：今天的天很蓝，鸟儿一直高兴地唱着歌，花儿也仿佛遇到了什么开心事，绽放着笑脸，就连偶尔飘下来的落叶，都随风跳着欢快的舞蹈。你想表达的感情不同，你笔下的景物也会跟着展现出不一样的状态。

《腊叶》：生了病的叶子是否要保存？

这一讲，咱们来讲讲鲁迅先生的一篇抒情散文——《腊叶》。

首先，我们来看看，鲁迅是在什么情况下写的这篇文章。我们都知道，鲁迅先生是文学家、思想家、革命家，是战士，一直在用笔和敌人战斗。在这种长久的斗争中，鲁迅的身体扛不住了，他肺病复发，病得非常严重。当时的医疗条件不比我们现在，得了肺病，是会死人的。所以，鲁迅的妻子、朋友、学生都很担心，劝他要爱惜身体，为了继续和敌人战斗，可不能病倒。

就是在这样的情况下，鲁迅写下了《腊叶》这篇文章。鲁迅先生说，这篇文章是为"爱我的人想要保存我"而写的。其中，"爱我的人"，指的就是他的妻子、朋友和学生们。"想要保存我"，指的就是鲁迅的亲友让他好好爱惜身体这件事。

我还要特别提醒你注意一下，这篇文章是以第一人称"我"的口吻写的，但故事本身是鲁迅想象出来的，不是他的真实经历。

接下来，就让我们一起来读这篇文章。

文章一开始，"我"在灯下看书，翻开这本书的时候，忽然发现里面有一片被压瘪了的枯黄的枫树叶。

接着，"我"回忆起了摘下这片叶子的经过。去年秋天的一个晚上，花草树木的枝叶因为霜冻而凋零，院子前一株小小的枫树的叶子变成了红色。"我"绕着枫树走来走去，仔细观察着每一片叶子，发现不是所有的叶子都是大红色的，大多数的叶子是浅红色的。有几片叶子还没完全变成红色，上头还有一点绿。

这个时候，"我"突然发现一片叶子很特别，叶子上有虫子咬出来的洞，洞的边上已经变成了黑色，极像一只凝望着的人的眼睛。

被虫子咬了，说明这片叶子已经生病了、不健康了，但是这也使得这片叶子上不仅有绿色、红色、黄色，还多了黑色，显得更加多彩。"我"觉得这片叶子的颜色很

《腊叶》：
生了病的叶子是否要保存？

好看，于是就把它摘下来，夹在了书里，想把这片叶子多彩的颜色保留下来。

"我"的回忆到这里就结束了，此时的"我"看着眼前这片夹在书里的叶子，感觉好像和去年不一样了：叶子的颜色变淡了，没有去年的多彩，也更加枯黄了。其实要不是今天翻开了这本书，"我"根本想不起来书里的这片叶子，更想不起来去年秋天摘下这片叶子的事。

也许再过几年，"我"就会不记得这片叶子当初多彩的样子，更不记得摘叶子的原因了。斑斓的颜色也只能让人短暂地记住，更何况是普通的绿叶呢？现在秋天到了，窗外那些树木的叶子都已经掉光了，枫树的叶子也是一样的。今年应该也有那种生病了的叶子吧，但是"我"却没有出去赏玩的时间了。

《腊叶》这篇文章到这里就结束了，鲁迅为什么要讲这个故事呢？首先，那片生病了的叶子其实指的就是当时正在生病的鲁迅；把叶子摘下来要保护它的人，就是鲁迅的妻子、学生和朋友；把叶子夹在书里保存，就是指鲁迅的亲友让鲁迅先生养好身体这件事。

那么，这个故事想要表达什么样的感情和思想呢？

首先，把生了病的叶子摘下来保存在书里，是一种好心和善良。鲁迅写这篇文章，意思就是说，他作为那片被别人关心和爱护的叶子，感受到了亲友们的关心，想要对他们说一声"谢谢"。

接下来他说，树木总是会凋零的，即便将叶子夹在书里，也只能暂时保存一会儿，不能永远保持原来的样子。所以，鲁迅先生是想对亲友们说，生老病死和树木凋零一样，都是自然的规律，所以不要太过在意自己的病情。鲁迅还生着病，却告诉亲友们不要太担心自己，人总有一死。从这里咱们可以看出，鲁迅先生在面对疾病和死亡的风险时，一点儿都不紧张，反而尊重自然规律，十分豁达。

然后，鲁迅说即便是一片病了的叶子，也不想孤零零地被人夹在一本书里，被人遗忘，最后枯死，叶子是想要落进泥土成为滋润大地的养料的。鲁迅先生用叶子比喻自己，他也是想说，自己虽然病了，但他也想把剩下的时间都用来继续跟敌人作斗争，继续做自己还没有

《腊叶》：
生了病的叶子是否要保存？

完成的事情，有意义地过完自己的一生。疾病，甚至死亡，都不能够动摇鲁迅先生继续战斗的决心。死亡能够证明生命的意义，死得绚烂更能够突出生命当中的爱和美。

最后，文章中的"我"去年摘下了那片叶子，今年却没有去摘叶子，因为今年太忙碌了，没有时间和空闲仔细去看哪片树叶病了。通过这个情节，鲁迅先生想说：这个时候正是我们和敌人战斗得激烈的时候，作为战士，不应该把注意力都放在关注我3鲁迅这个人的病情上，而是应该忙碌起来，把有限的时间和精力都投入到跟敌人的战斗中去。

总结一下，鲁迅先生在《腊叶》这篇文章中用叶子比喻自己，用摘叶子的人比喻那些关心自己的亲友，既表达了对亲友的感谢，又告诉他们生死是自然规律，不要太担心自己的病情，而应该把时间和精力都放在战斗上，同时也表达了自己坚定的态度，没有什么能够动摇自己继续战斗的决心。

细节描写

◎ 创作锦囊

读完了《腊叶》这篇文章，我来教你一个写作方法——细节描写。

鲁迅在写生病的叶子时，十分细致地描写了叶子上面被虫子咬出的洞："一片独有一点蛀孔，镶着乌黑的花边，在红，黄和绿的斑驳中，明眸似的向人凝视。"通过细节描写，清楚地传达了叶子生病这个特征。

你在介绍一件东西或是一个人的特征的时候，也可以重点描写引人注目的细节。比如，你想写妈妈每天做家务很辛苦，那就可以写，妈妈的手因为经常洗衣服、做饭变得粗糙，手指也变粗了不少，食指和中指上都起了老茧。这样，通过对妈妈的手的细节描写，就能够把妈妈辛苦的样子更传神地表达出来了。

《死火》：
『死火』的象征意义

这一讲，咱们要讲的是一篇散文诗——《死火》。"死火"是出现在鲁迅梦中的一团会说话的火焰，它和鲁迅在寒冷的世界里相遇，产生了一段富有哲理的对话。

这篇文章的情节很奇幻，结局颇有些出人意料，当然，也是大有深意的。

《死火》是鲁迅先生的散文诗集《野草》中的代表作。我们通常看到的鲁迅作品，要么批判社会问题，要么影射时代现状，都是在评论外界的人或事。但《野草》很特殊，它是鲁迅对自己内心的剖析，里面充满了关于人生重大问题的思考，比如生存和死亡。

下面我们就来看一看，《死火》里面，鲁迅的内心世界是什么样的。文章是以第一人称"我"来写的，开头描绘得很有画面感，"我梦见自己在冰山间奔驰。这是高

《死火》："死火"的象征意义

大的冰山,上接冰天,天上冻云弥漫,片片如鱼鳞模样。山麓有冰树林,枝叶都如松杉。一切冰冷,一切青白。"

这一段出现了三个意象:我、梦和冰山。"我"是动态的,开场就在奔驰快跑;"梦"渲染气氛,给故事染上一层虚幻的色彩;然后是冰山、冰天、冻云、冰树林,它们在一起构成了大环境。冰是什么?说得消极一点,水死亡了就是冰。水是流动的、活跃的,但冻住变成冰以后,就会变得静态、死寂。

故事往下推进,本来"我"是在冰山间奔驰着,但忽然坠到了冰谷中。冰谷是和冰山相呼应的意象,给人一种深渊的感觉。想象一下我们平时做梦,偶尔会梦到突然坠落,然后人就惊醒了,这种感觉并不愉快。但是文中的"我"不但没有被惊醒,还遇到了一个惊喜,那就是"死火"。

为什么说是惊喜呢?一片冰冷之中竟然有火焰存在,这件事自然很让人吃惊。同时,"我"作为活跃的生命,遇到一个冷酷的现实之后,其实很希望能遇到同行的人,所以看到死火，就会产生喜悦的心情。

到这里，死火终于登场了。它是什么样的呢？有火焰的形状，但毫不摇动，全身都冻住了，形状和海洋里的珊瑚枝一样。而且死火的尖端还有凝固的黑烟，配合它干枯的外形，就让人感觉这东西好像刚从地狱里逃出来一样。你想象一下，摇曳生动的火苗突然被按了暂停键，它在你眼前冰封住了。

明明是火焰，却结成了冰，这就是死火。火代表生命力。而冰呢，我们前面提到过，代表死亡。所以死火的身上，同时有着两种矛盾的意义，它是站在生与死的边界上的。

讲到这里，我想提醒你注意：你有没有觉得，读这篇文章，就像是在坐过山车。我们来数一数到现在，一共发生了多少次转折起伏。开头是"我"在奔驰，情绪往上走；但周围环境死寂，心情变得冷却下来；紧接着遇到火，"我"非常高兴，情绪又上扬了；但这是死火，看起来一点生命力也没有；还没来得及失落呢，鲁迅接着又说死火让冰谷变成了红珊瑚色。我们说，冰谷代表死亡，而冰谷变成了红珊瑚色这样的暖色，这又是一个

《死火》："死火"的象征意义

死生间的自由转换。文章刚过半，我们读者的情绪已经三起三落了。这种坐过山车的感觉会一直持续到结尾，而且后面的故事情节更精彩。我们继续往下说。

文章中的"我"把死火捡起来，揣在了兜里，然后继续在冰谷里走着，希望找到出去的路。结果死火因为"我"的体温，破开了寒冰，又开始燃烧起来。接着，它竟然说话了：

"唉，朋友！你用了你的温热，将我惊醒了。""我原先被人遗弃在冰谷中……倘使你不给我温热，使我重行烧起，我不久就须灭亡。"

"我"看到死火活了过来，很高兴，想要和它一起走出这个冰谷。但是死火说："唉唉！那么，我将烧完！""我"不愿意它烧完，就提议它留下；但是死火又说："唉唉！那么，我将冻灭了！"

这段对话自然是有深意的。文章中的"我"其实是在和死火讨论生存的哲学。人难免会遇到两难的境地。比如，你放学回家，特别想玩游戏，但是玩游戏，作业就写不完了；写作业吧，心里又惦记着游戏，这就是两难。死火面对的问题当然更大、更严峻。它要选择留下或前行，但不论怎么选，结局都是死亡。它现在能做的，不过是给自己挑一种死法罢了。

故事里，死火在做选择之前，先问了文章中的"我"一个问题："但你自己，又怎么办呢？""我"回答说："我要出这冰谷……"于是死火做了决定，说："那我就不如烧完！"

然后，它忽然跃升到天空，像一颗红彗星，燃尽了自己最后的能量，将"我"带出了冰谷。死火觉得，与其留在原地冻灭，不如燃烧自己，帮助别人逃离冰谷，获得生存的机会。用自己的死，成就他人的生。

到这里，你应该慢慢明白了故事的象征意义。文章里的"我"从始至终都在思考如何走出寒冷的世界，冰谷冰山可以象征旧中国政治和时代的黑暗，也可以象征鲁迅内心的迷茫。但是不论前方命运如何，鲁迅都希望自己能够继续行走，有所为，而不是停留在原处。

然而，文章里的"我"走出了冰谷，是不是就迎来了生的希望呢？并没有。一辆大石车突然将"我"碾死

《死火》：
"死火"的象征意义

在车轮底下，然后大石车也坠入了冰谷。

所有的努力、求索、付出都被生生地扼断了，这是一个非常出人意料的情节。而且文章中的"我"在生命的最后，表现也很奇特，不是愤恨，也没有悲伤，而是得意地笑着说："哈哈！你们是再也遇不着死火了！"

这个结局有点耐人寻味，我要给你特别解释一下。文中的"我"出了冰谷，也会有一辆大石车等在那里，说明当时的社会和时代就是如此，恶的势力太强了。"我"只是一个凡人，怎么能抵挡住巨大车轮的碾压呢？从这里我们可以看出，鲁迅知道，想要改变当时中国人的国民性，让他们不再"吃人"，不再旁观，是很难的。但是他又觉得，"我"不能因此放弃奋斗、放弃努力。"我"即使不能破开铁屋子，也要在铁屋子里大声地喊，喊醒更多沉睡的人，大家一起面对困境、挑战困境。

所以鲁迅是悲观中抱着一点乐观的期待。所以，大石车虽然碾死了文章里的"我"，但也正因为这一碾，整个车辆坠入冰谷。大石车是恶的象征。"我"一个人的死，换来了恶势力的颠覆，这难道不该得意吗？人终有一死，我们不能选择死亡的结局，但是我们可以选择死亡的方式，这也正是鲁迅内心的希望。

有人说，死火代表了当时的青年在严酷的环境里丧失了追求进步的热情，"我"代表鲁迅，带领青年人走出冰山和冰谷。但是我更认同另一种说法：文章中的"我"就是死火，死火就是"我"，是鲁迅把自己的矛盾、求索、彷徨做了形象化的表达。在这首散文诗里面，他告诉我们，生命必将灭亡，但是人总要奋斗过，留下痕迹，这才是我们每个人存在的真正意义所在。

《死火》："死火"的象征意义

精神物化

◎ 创作锦囊

读完了《死火》这篇散文诗，我想给你讲讲"精神物化"这种写作手法。

精神物化，是我引用的设计学的一个词。简单地说，就是将你的思想、观念等这些因素，直接变成具体的事物，让这些事物形象地替你说出想法。

这个写作手法在《死火》中非常典型。明明讲的是很深刻的，关于生死、关于斗争的思考，鲁迅先生却设计了"死火"这个形象，非常典型地就说出了两种极端的生命特征的融合，带给人生的纠结和矛盾，这就是精神物化。

比如写考试成绩公布后自己的心情，你可以直白地写"这次考试虽然失败，但我还没有丧失信心"；也可以写一写枝头枯萎的叶子，以及夹杂在其中的绿色，还有远方升起的朝阳。有了这样的画面，你的心情立刻就能被读者捕捉到。

图书在版编目（CIP）数据

温情的硬汉 / 申怡著. — 成都：天地出版社，
2023.5（2023.8重印）
（读懂鲁迅很容易）
ISBN 978-7-5455-7633-7

Ⅰ.①温… Ⅱ.①申… Ⅲ.①鲁迅著作—文学欣赏—青少年读物 Ⅳ.①I210.97-49

中国国家版本馆CIP数据核字（2023）第034119号

WENQING DE YINGHAN

温情的硬汉

出 品 人	杨　政
总 策 划	陈　德
策划编辑	李婷婷　王加蕊
责任编辑	刘　璐
美术设计	刘黎炜
内文排版	书情文化
营销编辑	魏　武
责任校对	卢　霞
责任印制	刘　元　葛红梅

出版发行	天地出版社
	（成都市锦江区三色路238号　邮政编码：610023）
	（北京市方庄芳群园3区3号　邮政编码：100078）
网　　址	http://www.tiandiph.com
电子邮箱	tianditg@163.com
经　　销	新华文轩出版传媒股份有限公司

印　　刷	北京中科印刷有限公司
版　　次	2023年5月第1版
印　　次	2023年8月第2次印刷
开　　本	889mm×1194mm 1/16
印　　张	9
字　　数	150千字
定　　价	40.00元
书　　号	ISBN 978-7-5455-7633-7

版权所有◆违者必究
咨询电话：(028) 86361282（总编室）
购书热线：(010) 67693207（营销中心）

本版图书凡印刷、装订错误，可及时向我社营销中心调换。